COLLECTION FOLIO

Georges Simenon

Les suicidés

Gallimard

Tous droits de traduction, de reproduction et d'adaptation réservés pour tous les pays.

© *Éditions Gallimard, 1934*

Georges Simenon naît à Liège le 13 février 1903. Après des études chez les jésuites, il devient, en 1919, apprenti pâtissier, puis commis de librairie, et enfin reporter et billettiste à *La Gazette de Liège*. Il publie en souscription son premier roman, *Au pont des Arches*, en 1921 et quitte Liège pour Paris. Il se marie en 1923 avec « Tigy » et fait paraître des contes et des nouvelles dans plusieurs journaux. *Le roman d'une dactylo*, son premier roman « populaire », paraît en 1924, sous un pseudonyme. Jusqu'en 1930, il publie contes, nouvelles, romans chez différents éditeurs.

En 1931, le commissaire Maigret commence ses enquêtes... On tourne les premiers films adaptés de l'œuvre de Georges Simenon. Il alterne romans, voyages et reportages, et quitte son éditeur Fayard pour les Éditions Gallimard où il rencontre André Gide.

Durant la guerre, il est responsable des réfugiés belges à La Rochelle et vit en Vendée. En 1945, il émigre aux États-Unis. Après avoir divorcé et s'être remarié avec Denyse Ouimet, il rentre en Europe et s'installe définitivement en Suisse.

La publication de ses œuvres complètes (72 volumes !) commence en 1967. Cinq ans plus tard, il annonce officiellement sa décision de ne plus écrire de romans.

Georges Simenon meurt à Lausanne en 1989.

I

Juliette traversa la rue à pas précipités, comme elle le faisait chaque soir en quittant Bachelin, et déjà, avec des gestes que la peur rendait maladroits, elle fouillait son sac à main, atteignait le seuil, faisait cliqueter la clef contre la serrure.

La porte, en s'ouvrant, dessina un rectangle lumineux qui diminua ensuite, jusqu'à disparaître en même temps que la jeune fille.

La porte était verte. Un écriteau maintenu par des punaises annonçait : « Rez-de-chaussée à louer ». Il tombait une pluie froide. Bachelin ruisselait et ses mains étaient mouillées dans ses poches.

La maison était la dernière de la rue Creuse. Ses deux fenêtres éclairées, au premier étage, mettaient, avec un bec de gaz, les seules lumières dans la perspective obscure où l'eau dévalait.

Juliette montait l'escalier, Bachelin le savait, mouillée elle aussi, les lèvres meurtries par ses baisers, son carton à musique au bout des doigts, et lui attendait, pour s'en aller, de la voir passer derrière l'écran jaune du store.

Mais la porte venait seulement de se refermer.

Juliette n'en était qu'à la quatrième, à la cinquième marche. Et voilà que le store s'écartait, qu'une maigre silhouette d'homme se profilait qui, lentement, montrait un fusil de chasse.

L'ombre ne faisait pas mine de viser, ne gesticulait pas. Elle montrait l'arme comme un emblème et c'était si inattendu, si incongru aussi dans le cadre paisible de la fenêtre que Bachelin, pris de panique, fonça vers le carrefour éclairé. Quand il s'arrêta, calmé par l'animation d'une rue commerçante, il s'aperçut qu'il avait couru, et, les joues brûlantes, les oreilles pourpres, il se remit en marche à grands pas.

Il avait eu peur ! Le petit M. Grandvalet, aux lèvres toujours pincées, l'avait vu fuir ! A l'instant même, dans la salle à manger où Juliette posait ses musiques sur le piano, il ricanait ! Il devait montrer à sa fille le fusil, la fenêtre, la perspective mouillée de la rue Creuse.

— Il a détalé comme un lapin !

L'imperméable était transpercé aux épaules et Bachelin avait la fièvre. Ses pupilles devenaient plus petites et plus fixes, son nez plus saillant, son menton plus pointu.

Le monde dans lequel il s'enfonçait en serrant les mâchoires n'avait déjà plus la solidarité rassurante du monde réel. La dernière image positive était celle de la porte verte et de la pancarte annonçant le rez-de-chaussée à louer. Avec la silhouette et le fusil derrière la fenêtre lumineuse commençait un domaine fantastique où M. Grandvalet faisait davantage figure de gnome pervers que de caissier du Crédit Lyonnais.

Juliette avait dit :

— Il ne faut plus nous voir. Cela fait trop de peine à mon père.

En parlant ainsi, elle était rivée à Bachelin depuis les genoux jusqu'au front, leurs lèvres venaient de se dessouder, leurs cheveux mouillés s'emmêlaient et la chaleur des chairs, les frémissements de la poitrine et du ventre traversaient les tissus.

Qu'avait-il répondu ? Ah ! oui. Il avait prononcé en fronçant les sourcils et en regardant par terre :

— J'aime encore mieux nous tuer tous les deux !

Elle ne l'avait pas cru, mais sa main avait tremblé quand même.

— Tu verras, je jure que je ferai un malheur.

Et il s'était sauvé en apercevant le fusil de chasse à double canon !

Il marchait à pas décidés, comme un homme qui a une tâche urgente à accomplir, mais il ne savait pas où il allait. Sa fièvre montait toujours. Il l'excitait comme on tourmente une dent malade. Choses et gens étaient plus grands que nature et lui-même, traversant la ville à enjambées de géant, se sentait terrifiant.

Les rues familières de Nevers, la place Carnot, la mairie où il avait son bureau, les boutiques qu'il connaissait toutes, puis la longue avenue de la Gare prenaient une apparence inquiétante qu'accusaient la luisance des pavés, les stries de la pluie, les lueurs incertaines et le dos fuyant des passants.

Quand il poussa la porte du café de la Paix, où ses amis jouaient aux cartes, Émile Bachelin resta un instant immobile, dégouttant d'eau, les yeux fixes, le cou rentré et quelqu'un éclata de rire.

— Qu'est-ce que tu bois ?
— Un grog.
— C'est ta fiancée qui t'a mis dans cet état ?

C'était toujours comme dans un rêve, alors que certains êtres et certains objets se détachent avec une netteté gênante tandis que d'autres, on ne sait pourquoi, n'arrivent pas à se dégager de l'ombre.

Bachelin devinait la rumeur du café, la fumée qui montait des pipes et des cigarettes, des bruits légers comme celui des dominos sur le marbre d'une table, mais il y avait des phrases entières de ses amis qu'il n'entendait pas.

De même voyait-il à peine Dieudonné, de *Paris-Centre,* assis pourtant en face de lui, et Berthold, du Crédit Lyonnais. Par contre, le visage pâle, aux lèvres minces, de Jacquemin, le bossu, se dessinait comme au burin. Et Jacquemin disait, de sa voix qui semblait mécanique :

— Je parie que cette petite-là, comme les autres, est folle de son professeur de piano.

Bachelin ne broncha pas, mais la phrase s'enregistra dans son esprit.

— Il ne faut jamais s'en faire pour une femme, articulait à son tour Lasserre, le fils du marchand de phonos et d'appareils de T.S.F.

Bachelin avala un liquide bouillant qui sentait le rhum et le citron. Tout en buvant, il se voyait dans la glace et plissait son front, pour accuser l'expression dramatique de son visage.

C'était un maigre visage d'adolescent, aux traits saillants, aux yeux enfoncés, à la peau irrégulière.

Des cheveux trop longs, d'un blond sale, lui donnaient une sorte de poésie pauvre et malsaine.

— Encore un grog, garçon !

Il avait chaud, après le premier verre. Le monde devenait plus étrange encore. A côté de son image dans le miroir, Bachelin aperçut la tête d'Olga, une petite femme entretenue par un colonel, qui passait tous ses après-midi à la même place, à lire les journaux ou à écrire des lettres, ou encore à regarder dans le vague, blottie dans son manteau de fourrure.

Leurs regards se croisèrent et Bachelin comprit que, ce soir-là, il était impressionnant.

Ses amis jouaient aux cartes. Le garçon lui servait un second grog et la rumeur montait toujours des tables et des banquettes, avec la fumée et le ronron du poêle, tandis que dehors on entendait le sifflet d'un train qui entrait en gare.

Bachelin faillit pleurer soudain en pensant à leur seuil. Car ils avaient un seuil, Juliette et lui. Mais auparavant il y avait l'attente, à sept heures, rue des Ardilliers, où elle prenait sa leçon de piano. Quand elle sortait, elle lui faisait un petit signe et il la rejoignait quelques mètres plus loin, dans une rue moins fréquentée. Tout de suite, il l'embrassait deux fois, cinq fois, dix fois, puis lui tenant la taille, il l'entraînait lentement, rasant les murs, suivant un itinéraire qui permettait d'éviter les lumières.

C'était rue Creuse, à cinquante mètres de la maison, qu'ils avaient leur seuil, assez loin d'un réverbère. Ils se collaient à la porte cochère. Ils se collaient l'un à l'autre au point que, pour les passants, ils n'étaient qu'une forme indistincte.

Aujourd'hui encore la fenêtre s'était ouverte, au

premier, juste au-dessus d'eux. Ils en avaient l'habitude. Cela ne leur faisait plus peur. Ils savaient que c'était une vieille qui se penchait, restait immobile aussi longtemps qu'ils étaient là et qui, invariablement, refermait enfin la fenêtre en grommelant des imprécations.

Un jour, elle se penchera tellement qu'elle tombera sur le trottoir comme une prune trop mûre.

— Tu veux prendre ma place ? demanda soudain Lasserre qui n'avait plus envie de jouer.

— Non !

Il continuait à se regarder dans la glace, à gauche du visage d'Olga qui l'observait. Il avait vidé son second verre et il en demandait un autre.

— L'ivresse console des femmes ! prononça le bossu Jacquemin dont la bouche n'était qu'une longue fissure dans la craie de son visage.

Juliette n'était même pas désespérée quand elle avait dit, en lui entourant le cou de son bras pour le calmer :

— Écoute, Émile, il ne faut plus que tu viennes, tout au moins pendant quelque temps. Mon père en est malade. Il suppose des choses atroces.

C'était dans la pluie. Des gouttes transparentes tombaient du chapeau de Bachelin et roulaient sur la joue de la jeune fille qui avait sa mine enfantine et grave, ses yeux toujours quiets.

— Sois gentil. Plus tard, peut-être.

Il ne savait plus ce qu'il avait répondu. Des phrases incohérentes ! Des supplications et des méchancetés ! Il avait même proposé d'aller trouver tout de suite M. Grandvalet et de lui demander la main de sa fille.

C'était impossible, Juliette le lui disait doucement, avec un sourire triste et résigné.

Alors, le regard fuyant, il avait juré de faire un malheur. Maintenant, il s'exaltait, en pensant plus encore au fusil qu'à Juliette. Les gens, rien qu'à le voir, devaient sentir qu'il vivait des minutes exceptionnelles, car Olga, en face de lui, ne le quittait pas des yeux.

— Quatre dames... annonça Dieudonné.

Et Berthold, du Crédit Lyonnais, où il était le collègue de M. Grandvalet, murmura en arrangeant ses cartes :

— Le bonhomme sait que tu fréquentes sa fille ?
— Pourquoi ? riposta Bachelin hérissé.
— Je ne sais pas, moi !
— Pourquoi as-tu demandé ça ?
— Pour rien. Ce sont des gens fiers, qui préfèrent sûrement lui voir épouser le sous-directeur de l'agence.

Bachelin ne se fâcha pas, mais ce fut pis, car il se servit de ces phrases pour attiser sa rage, lentement, sûrement, jusqu'à en avoir les genoux tremblants.

— Quand tu nous as raconté que tu avais son consentement, je ne l'ai pas cru.
— Tu as bien fait, riposta-t-il.

Et il sourit. Il fut satisfait de ce sourire qu'il vit dans le miroir. Il venait d'avoir une idée, de prendre une décision et désormais il regarda autour de lui de très haut, de très loin, comme un homme que les autres ne peuvent plus comprendre.

— Un grog, garçon !

Il pensait :

— Ils me croient ivre et je n'ai jamais été aussi lucide. Ils s'en apercevront demain !

Il était un peu plus de onze heures quand ils se séparèrent place Carnot, cols relevés, mains dans les poches. La ville était endormie. Au coin de la rue de Paris, seul un garage restait ouvert et le disque blanc de la pompe à essence semblait suspendu dans la nuit.

— Tu es capable de rentrer seul ? grinça le bossu.

Bachelin y vit une allusion, car il habitait avec sa mère au troisième étage d'une vieille maison, dans une rue pauvre, derrière l'Hôtel de Ville. Et sa mère, tout le monde le savait, vendait des journaux dans la rue.

— Ne t'inquiète pas !

Il vacillait un peu. Berthold s'éloignait avec Lasserre.

Le bruit de la pluie devenait plus distinct dans les rues vides. Des horloges sonnèrent à des clochers. Sur le cadran du Palais de Justice, l'aiguille avançait par saccades toutes les minutes.

Il était deux heures quand les gens entendirent la sirène des pompiers qui pénétrait leur sommeil. Longtemps on devina une rumeur sur un point imprécis de la ville.

Puis le jour se leva, visqueux comme le précédent, et des gamins s'élancèrent dans les rues en criant une édition spéciale de *Paris-Centre.*

Au coin de la rue Creuse, les agents formaient un barrage pour arrêter les curieux qui essayaient de voir. Le maire, le commissaire de police et le commissaire spécial battaient la semelle, frileux et graves, échangeaient des phrases à mi-voix, s'enfonçaient parfois dans la maison.

La porte verte, avec l'écriteau annonçant le rez-de-chaussée à louer, avait disparu, ou plutôt était abattue sur le trottoir ; elle n'était plus qu'un panneau calciné.

M. Grandvalet, dans la maison voisine où il avait été recueilli, allait et venait, les mains derrière le dos, un pardessus noir boutonné sur son pyjama. Sa femme était couchée dans un lit qui n'était pas le sien. Juliette ne pleurait plus. Elle avait tant pleuré que ses yeux étaient vides, ses paupières rouges comme de la chair à vif.

On avait retrouvé près du seuil, déformés par les flammes, deux bidons d'essence. A neuf heures, le garagiste de la rue de Paris vint les reconnaître.

— Je les ai vendus, vers minuit, à un jeune homme en imperméable clair.

A onze heures, on savait tout. Juliette, docile comme une enfant battue et rebattue, avait raconté son dernier rendez-vous. M. Grandvalet, roide de dignité, avait avoué l'histoire du fusil de chasse. Et le garçon du café de la Paix avait déposé que, lors de son départ, vers onze heures, Bachelin était surexcité.

On pouvait reconstituer les détails de l'attentat. De onze heures à minuit, Émile Bachelin errait seul dans les rues et ne faisait qu'une courte apparition dans la maison close située à cent mètres de la mairie pour y boire un nouveau grog.

A minuit, il achetait les bidons d'essence. Que faisait-il jusqu'à deux heures ? A ce moment seulement, la porte de la maison commençait à flamber mais on ne s'en apercevait que quand la fumée pénétrait dans les chambres du premier étage.

C'était alors le désordre, la fuite des Grandvalet par la fenêtre, l'arrivée des pompiers qui inondaient l'immeuble.

L'attentat créait un sentiment de stupeur et de gêne. On osait à peine en parler. On usait de périphrases. On avait lu dans le journal : « Il paraît certain que Bachelin n'a pas quitté la ville. »

Si bien que dans les rues on cherchait malgré soi le jeune homme en imperméable. La gare était surveillée, et les routes. Des policiers allaient de café en café, d'hôtel en hôtel, fouillaient les chambres des maisons de tolérance.

Le soir, on n'avait rien trouvé. Dieudonné, Berthold, Lasserre et le bossu ne jouèrent pas aux cartes et tout le temps qu'ils parlèrent, Olga, qui était à sa place, à deux mètres d'eux, tendit l'oreille.

Le lendemain, un boucher signala qu'il avait rencontré Bachelin le long de la Loire et on y fit une battue qui ne donna aucun résultat.

On avait remis une porte provisoire à la maison de la rue Creuse. Comme elle n'était pas peinte, elle avait l'air d'une palissade et, sur les briques de la façade, on voyait encore de grandes traces noires.

Les Grandvalet s'étaient quand même réinstallés chez eux. Le feu n'avait rien détruit au premier étage.

« *Où le misérable, qui a très peu d'argent sur lui, a-t-il trouvé asile ?* » demandait le journal.

Or, le lendemain, une couturière, qui revenait le soir du cinéma, se présenta au poste de police et annonça qu'un jeune homme en imperméable lui avait arraché son sac à main et s'était enfui à toutes jambes. Le sac contenait trois billets de cent francs et de la monnaie.

M. Grandvalet, mince et minutieux, toujours tiré à quatre épingles, bien rasé et les mains soignées, avait repris sa place à la caisse du Crédit Lyonnais. Il avait adopté une mine grave, un peu douloureuse mais plutôt digne que tout le monde admirait.

« *On croit que la nuit dernière Bachelin a dormi dans un wagon en stationnement à la gare de marchandises.* »

C'était à sept jours de l'événement et, dès lors, il n'y eut plus de nouvelles. La mère de Bachelin, que tout le monde appelait Augustine, venait chaque jour, comme d'habitude, au *Paris-Centre,* prendre son paquet de journaux frais. Elle ne buvait ni plus, ni moins qu'à l'ordinaire et quand on prononçait le nom de son fils elle reniflait, hochait la tête et soupirait :

— Ne me parlez pas de ce vaurien !

Juliette avait repris ses leçons de piano mais, par prudence, sa mère l'accompagnait rue des Ardilliers et l'attendait dans la cuisine du professeur, qui n'avait pas d'antichambre. Dans les rues, toutes deux marchaient vite, ou plutôt Mme Grandvalet entraînait la jeune fille comme si elles eussent été poursuivies.

Il y eut le grand coup de froid des premiers jours de décembre. La Loire charria des glaçons. On craignait pour les piles du pont que les curieux allaient contempler chaque jour. *Paris-Centre* publia des photographies représentant les clochards de Paris réunis autour des braseros installés dans les rues et sur les quais.

Plus de deux mois s'étaient écoulés depuis que les pompiers avaient été appelés rue Creuse. Des chapelets de bécasses et de canards sauvages pendaient à l'étal des marchands de primeurs.

Un jour, Philippe Grandvalet, le frère de Juliette, qui était marié et qui vivait à Paris, rue Championnet, écrivit à son père :

« Je me trompe peut-être, mais il me semble que j'ai aperçu place Clichy le jeune homme que tu sais. Ce qui fait que je n'en suis pas sûr, c'est qu'il portait la barbe. En tout cas, il m'a regardé dans les yeux et, si c'est lui, il m'a reconnu. »

C'était lui ! Un Bachelin plus fiévreux, plus maigre, les nerfs plus tendus, les prunelles plus fixes que jamais. Sa barbe avait poussé, roussâtre, et il la taillait à peu près comme la barbe du Christ.

Le 28 décembre, à une heure du matin, il était assis dans le coin d'un bar, boulevard Rochechouart. Il avait bu un café. Son verre était vide. Les épaules rentrées, il se regardait dans la glace placée derrière le comptoir.

Quand la porte s'ouvrit, il prêta à peine attention au nouvel arrivant que le garçon appela M. Lucien.

— Un crème et des croissants ?

M. Lucien était jeune. Il avait, lui aussi, les yeux fatigués, la peau fanée mais, sous un pardessus déformé, il portait un smoking propre.

— Ça marche, votre numéro ?

M. Lucien trempait ses croissants dans le café crémeux et mangeait bruyamment, en avançant la tête pour ne pas salir son plastron.

— Il fait froid, dit-il.
— Le froid a une influence?
— Quand il fait froid, les gens restent chez eux au lieu d'aller dans les cabarets.

Il avait remarqué Bachelin. Comme ils n'étaient que deux clients, il lui demanda :
— Vous êtes artiste aussi?
— Je suis journaliste, répliqua Bachelin à tout hasard.
— Moi, je suis pianiste à l'*Ange Vert.*

Il n'était pas pressé de plonger à nouveau dans le froid du boulevard.
— Un petit calvados, ma foi!

Et, tourné vers son nouveau compagnon :
— Vous en prenez un aussi?

Ils restèrent ensemble, près du poêle, pendant une demi-heure.
— Où habites-tu?
— Depuis aujourd'hui, nulle part.

M. Lucien ne s'étonna pas. Le patron du bar non plus.
— Viens chez moi. On verra demain.

Ils gravirent la rue Lepic jusqu'en haut, longèrent un corridor, traversèrent une cour et, au sommet d'un escalier, pénétrèrent dans une mansarde.

La nuit, M. Lucien eut l'impression que quelque chose bougeait dans la pièce. Mal réveillé, il balbutia :
— Qu'est-ce que c'est?
— Rien. Je cherchais un verre d'eau.
— Dans le broc.

Bachelin ne s'était pas dévêtu, car il n'y avait pas de couvertures pour deux. A sept heures du matin, dans le jour encore indécis, il descendait la rue Lepic en s'efforçant de ne pas courir. Place Blanche, il sauta sur la plate-forme d'un autobus. Boulevard Saint-Michel, il entra chez un brocanteur, échangea son imperméable contre un pardessus noir cintré qui était trop étroit. Il donna quarante francs de supplément. Il lui restait encore trois cents francs en poche.

C'était comme une fatalité. Le sac de la couturière contenait un peu plus de trois cents francs et la même somme se retrouvait chez le pianiste !

A onze heures, il était dans le train de Nevers, debout dans le couloir, le front collé à la vitre.

Et à cinq heures de l'après-midi, quand un coup de sifflet retentit, la caissière du café de la Paix dit comme d'habitude, pour elle-même, parce que c'était une étape dans la monotonie de la journée.

— Le train de Paris !

Dieudonné, Berthold, Jacquemin et Lasserre venaient d'arriver. Olga écrivait une lettre avec application et portait un bouquet de violettes à son manteau de fourrure. A travers les vitres, on voyait les lumières sales de la gare et les taxis qui s'avançaient vers la sortie.

Il neigeait. Les toits étaient blancs, les pavés blancs et noirs, selon les rues.

— Tierce haute ! annonça Berthold.

— Quatre valets, riposta le bossu.

Lasserre, par-dessus ses cartes, caressait Olga d'un regard malicieux et tendre, car ils s'étaient rejoints la veille au bout du trottoir et ils avaient disparu par la même porte.

Les voyageurs du train de Paris défilèrent derrière

les fenêtres, en ordre dispersé, se hâtant tous vers la ville. Des taxis les dépassèrent. Le garçon réglait le percolateur.

Puis la porte s'ouvrit d'une poussée, resta un moment béante, tandis qu'une tête mince semblait vouloir dominer la salle.

Le bossu écrasa le pied de Berthold. Berthold regarda le nouveau venu et écarquilla les yeux. Dieudonné, qui avait suivi son regard, dit tout bas :

— Ce n'est pas lui !

L'intrus marchait vers le comptoir sans les regarder, mais sans détourner les yeux. Debout, il dit nettement :

— Un grog.

Olga ne pouvait plus écrire, ni s'occuper d'autre chose que de ces pupilles rétrécies, de cette barbe roussâtre, de ces lèvres qui tremblaient un peu.

— Encore un ! dit l'homme après avoir avalé d'un trait le contenu de son verre.

Le bossu ricana tout seul. Berthold se trompa de carte, rougit, toussa, feignit de chercher ses cigarettes dans ses poches.

— Combien ?
— Six francs !

Il compta l'argent, lentement, et ses nerfs devaient être aussi tendus que des cordes de violon. Sa voix n'était plus la même qu'autrefois. Elle était devenue plus rauque et il dressait orgueilleusement la tête comme pour les défier tous.

Quand il eut posé la monnaie sur le marbre du comptoir, il boutonna son pardessus étriqué, releva le col, baissa le bord de son chapeau de feutre. Pour sortir, il passa entre la table des quatre amis et celle d'Olga, tandis que la jeune femme frissonnait de toute sa chair et se repliait sur elle-même comme à l'approche du fauve.

La porte s'ouvrit, se referma enfin. Alors tout le monde bougea, soupira, se regarda.

— Il va se faire prendre ! martela le bossu que Bachelin avait heurté au passage.

II

— Qu'on ne fasse plus allusion à ce vaurien devant elle, avait dit une fois pour toutes M. Grandvalet. Juliette est une enfant. Elle ne sait même pas ce que c'est que l'amour.

Et les premiers jours il s'ingéniait à ne laisser pénétrer aucun journal dans la maison, par crainte qu'on y parlât de Bachelin. Était-il besoin de se donner cette peine ? Jamais on ne surprit la jeune fille essayant de lire, ou posant une question.

— Veille à ce qu'elle ne se montre pas à la fenêtre, avait encore dit à sa femme le caissier du Crédit Lyonnais.

Le soir, quand il rentrait, il la prenait à part, anxieux comme un conspirateur.

— Qu'a-t-elle fait ?

— Ses six heures habituelles de piano, et après elle a continué sa broderie.

— Elle n'a rien dit ?

— Elle ne dit jamais rien.

— C'est une enfant, répétait le père.

Il restait fidèle à la décision qu'il avait prise : il feignait d'oublier l'événement. Jamais il n'y était fait la moindre allusion. Le soir, il affectait à son retour une bonne humeur exagérée. Presque toujours il apportait une gâterie pour sa fille, ou tout au moins il avait une attention à son égard.

On dînait, sous la lampe. Par crainte du silence, il racontait des histoires qu'il avait préparées à la banque, allant jusqu'à prévoir les détails des prochaines vacances.

— Tu ne m'écoutes pas, Juliette.
— Pourquoi dis-tu que je n'écoute pas ?

Elle gardait son même visage à la fois grave, indifférent et puéril. Quand on lui parlait, on n'était jamais sûr qu'elle suivait la conversation.

— Tu as bien travaillé ?
— Comme toujours.

Ce n'était pas méchanceté chez elle. Peut-être avait-elle toujours été ainsi, mais soudain on s'en apercevait davantage. Son père se hâtait de sourire, comme pour s'excuser.

— Tu vas me jouer la *Polonaise* de Chopin ?
— Si tu y tiens.

On ne pouvait pas dire qu'elle fût triste. M. Grandvalet était même enclin à penser qu'elle l'était trop peu, mais il se rassurait en répétant :

— C'est une enfant !

Le dîner fini, Juliette s'installait au piano. Il s'asseyait près d'elle. C'était un rite, depuis qu'à six ans elle avait pris ses premières leçons de musique. Il tournait les pages. Parfois il hochait la tête ou bien, si elle ratait un accord, il esquissait une grimace et Juliette soupirait d'impatience.

— Très bien ! Tu fais des progrès surprenants !
— J'ai assez joué ?

Il hésitait, craignant le vide de la salle à manger où sa femme ravaudait les bas, et il murmurait :

— Si tu n'étais pas trop fatiguée, tu me jouerais le *Carnaval* de Schumann.

Elle reprenait place sur le tabouret. Du dehors, des trottoirs mouillés de la rue Creuse, on apercevait deux fenêtres rosées, car, après l'incendie, l'abat-jour crème avait été remplacé par un rose. On entendait s'égrener les notes. On devinait la tête penchée de M. Grandvalet.

— Veux-tu être gentille, Juliette ? Fais une partie de dames avec moi.

— Laisse donc cette enfant tranquille, intervenait Mme Grandvalet.

— Pourquoi, maman ? Je veux bien jouer.

Elle avait toujours été docile. Toujours aussi elle avait eu cet air un peu absent. Elle pouvait rester des journées entières sans manifester le désir de sortir de l'appartement. Ses heures de piano finies, elle cousait, ou elle lisait. Mais, quand elle lisait, elle ne paraissait pas s'intéresser à son livre.

— Qu'aimerais-tu pour tes étrennes ?
— Je ne sais pas. Ce que tu voudras.

Et son père, au bureau, pensait à elle, le front plissé.

« Elle a sûrement oublié ce voyou. Elle n'a pas essayé de savoir ce qu'il est devenu. Elle ne voit personne qui puisse la renseigner. »

Il commit une faute, pourtant. Il laissa traîner la lettre de son fils, qui parlait de Bachelin, mais il ignora si Juliette l'avait lue.

— Tu verras, ma petite fille, dans deux ans, je prendrai ma retraite et nous irons nous installer à

Paris tous les trois, pour que tu puisses continuer tes études. Es-tu contente ?

— Pourquoi ne serais-je pas contente ?

Il neigeait et, sous le troisième réverbère de la rue Creuse, Émile Bachelin était adossé à un mur, les yeux fixés sur les fenêtres roses.

Juliette l'avait-elle jamais aimé ? Il l'avait vue pour la première fois dans le bureau de l'état civil où il était commis et où elle réclamait un extrait d'acte de naissance. Il avait plaisanté. Elle avait souri. Deux jours plus tard, il l'avait rencontrée dans la rue et il l'avait saluée. Dès lors il avait pris l'habitude de la suivre quand elle rentrait de sa leçon. Il lui avait parlé.

Elle n'avait pas protesté quand, adroitement, il avait changé d'itinéraire pour éviter les rues fréquentées, ni quand il avait passé son bras autour de sa taille. Il l'avait embrassée et ses lèvres étaient restées molles et humides.

Le dernier jour, elle avait dit simplement :

— Mon père ne veut plus que nous nous voyions.

Bachelin entendit le *Carnaval* tout entier et les lumières restèrent encore allumées pendant une demi-heure, s'éteignirent enfin.

Maintenant, il pouvait aller où il voulait. Il était dans la nuit comme un chat errant. Les gens qui rentraient du cinéma faisaient un léger détour, d'instinct, en le rencontrant dans les rues sombres.

Dans les hôtels de Nevers, il risquait d'être reconnu et signalé à la police, et d'ailleurs il n'avait pas envie de se coucher, tout seul dans une chambre, sans parler.

Il préféra la maison de tolérance. Une femme

s'assit près de lui, une brune qui l'examina des pieds à la tête et qui demanda curieusement :

— Quel métier fais-tu ?

Car elle sentait qu'il n'appartenait à aucune catégorie classée. Elle remarqua qu'il souriait, flatté, en répondant :

— Quel métier crois-tu que je fasse ?

— Sûrement rien de bon ! lança-t-elle alors en riant.

Il était tard. Bachelin était le dernier client dans la salle où trois femmes chauffaient leurs jambes nues autour du poêle.

— Devine !

— Tu dois vendre des trucs dans les foires de pays ?

Il haussa les épaules.

— Quand tu regardes d'une certaine manière, tu as plutôt l'air d'un artiste.

— Si tu lisais les journaux !... soupira-t-il.

— Tu écris dans les journaux ?

— Non. Ce sont les journaux qui parlent de moi.

Elle cherchait, intriguée.

— Ils ont même publié mon portrait !

N'était-ce pas le seul endroit où il pût parler ainsi sans danger, le seul endroit aussi où cela lui donnât du prestige ?

— Je ne me souviens pas.

— Parce que j'ai laissé pousser ma barbe.

Il buvait. Il s'excitait — une excitation nerveuse, cruelle — et il pensait quand même aux deux fenêtres roses et aux notes de piano qui résonnaient dans la rue Creuse comme dans une église.

— Raconte.

Il retroussa les lèvres, triomphant et dédaigneux, frappa la table du poing pour réclamer de nouvelles consommations.

— Je peux coucher ici ?
— Dans ma chambre, si tu veux.
— Tu ne me vendras pas ?

Elle haussa les épaules, fit mine de se lever, pour le punir.

— Alors, montons, décida-t-il.

Il était éreinté. Il se contenta de retirer son veston et son faux col avant de s'étendre sur la courtepointe.

— D'où es-tu, toi ? demanda-t-il en bâillant.
— De Montpellier. Et toi ?
— De Nevers.

Elle le regarda avec plus d'attention, approcha son visage du sien.

— Alors, je devine ! C'est toi qui as voulu brûler la maison de ta fiancée.

Elle se coucha à côté de lui, un coude sur l'oreiller, la tête appuyée sur sa main, sans cesser d'observer l'homme. Et lui regardait le plafond où subsistait le crochet de l'ancienne suspension.

— Pourquoi es-tu revenu ?

Il ne répondit que par un retroussis des lèvres qui, au café de la Paix, avait déjà fait peur à Olga.

— Tu veux recommencer ? Non ! Je crois que je devine. Tu vas enlever la petite, n'est-ce pas ?

Il fit signe que oui, demanda une cigarette qu'elle lui mit dans la bouche et qu'elle alluma.

— Elle est si bien que ça ? Elle t'aime ?
— Laisse-moi dormir !

Et il s'endormit, en effet. La femme le regarda longtemps encore, de tout près, trait par trait puis, avec un soupir, elle s'écarta pour lui laisser de la place, se mit en chien de fusil et s'assoupit à son tour.

Quand il ouvrit les yeux, le lendemain, elle était déjà à sa toilette et le réveille-matin posé sur la table de nuit marquait onze heures. On voyait de la neige sur des toits proches.

— Tu ne veux pas sortir en plein jour ?

Il contempla la chambre étroite aux murs ornés de photographies.

— La patronne me laissera ici ?
— Ne t'occupe pas de cela.

Elle lui apporta deux sandwiches. L'après-midi, elle dut descendre dans la salle et il passa son temps à lire de vieux journaux qui traînaient, puis les livraisons d'un roman dont il ne trouva que la seconde partie.

Quand il décida de s'en aller, il trouva sa compagne debout dans le couloir, en chemisette de travail.

— Tu reviens ce soir ?
— Peut-être.

Il rencontra Juliette à l'endroit précis où il savait la rencontrer, vêtue d'un manteau neuf à col de loutre, son carton à musique à la main. Mme Grandvalet l'accompagnait et s'époumonait pour suivre sa fille tout en jetant un coup d'œil aux étalages.

Bachelin prit cent mètres d'avance, en suivant le trottoir opposé, et alors, sans hésiter, il marcha vers les deux femmes. Il savait que la mère ne l'avait jamais vu de près. Il ne portait plus le même vêtement ; sa barbe avait changé son aspect.

La distance, entre eux, diminuait. Juliette regardait devant elle et déjà elle devait le voir. Mais elle ne marquait aucune hésitation dans sa démarche. A deux mètres, grâce aux lumières d'une vitrine, il découvrit tous les détails de son visage, qui ne portait pas trace d'émotion.

L'espace d'une seconde, leurs regards se croisèrent et il eût été incapable, ensuite, de dire si elle l'avait reconnu. Il la frôla sans provoquer de réaction.

Maintenant il les voyait de dos, la mère et la fille, atteignant la maison du professeur de piano, s'engageant dans le corridor.

Il y en avait pour une heure, qu'il passa dans un bar mal fréquenté où deux hommes en casquette le regardèrent de travers.

— Du papier et une plume ! commanda-t-il.

Appuyé au zinc poisseux, il écrivit :

« Il faut absolument que je te parle. »

Le froid était vif. La neige ne tombait plus, mais il en restait des traînées un peu partout. Bachelin guetta de loin Juliette et sa mère, si impatient que ses genoux tremblaient. Cette fois, c'est à peine s'il osa regarder Juliette quand, en passant près d'elle, il lui poussa le billet dans la main.

Il avait gagné ! Elle l'avait pris sans résistance. Elle l'avait reconnu ! Il marcha derrière elle et il la vit glisser le bout de papier dans son sac. Il espérait qu'elle se retournerait, mais elle atteignit la maison de la rue Creuse sans l'avoir fait. Là seulement, au moment de franchir le seuil, elle remua légèrement la tête, trop peu pour le voir, en même temps qu'elle esquissait un mouvement de la main dans le vide.

Ce soir-là, M. Grandvalet apporta des marrons glacés à sa fille, bien qu'on ne fût pas encore le premier de l'An. Comme elle paraissait fatiguée, il n'insista pas pour qu'elle jouât du piano et, une heure durant, il s'ingénia à raconter des histoires.

Quand il fut couché près de sa femme, lampes éteintes, il souffla :

— Il est à Nevers !

— Qui ?

— Lui !... Berthold, qui travaille avec moi, l'a vu hier au café de la Paix. Il se cache à peine. Je me demande si je ne dois pas avertir la police.

Sa femme ne répondit pas. On entendait les allées et venues de Juliette qui se déshabillait dans la chambre voisine.

— Qu'est-ce que tu en penses ?

— Je ne sais pas.

— Je me demande pourquoi il est ici, au risque de se faire prendre.

Longtemps ils restèrent couchés tous deux dans l'obscurité, les yeux ouverts, à changer de position à chaque instant parce qu'ils étaient mal à l'aise. Puis M. Grandvalet se leva sans bruit.

— Où vas-tu ?

C'est ainsi qu'il sut que sa femme ne dormait pas.

— Chut !

Il entrouvrit la porte, perçut la respiration régulière de sa fille et regagna son lit, les pieds glacés par leur contact avec le plancher verni.

— Tu l'as vue ? demandait à Bachelin sa compagne de la veille, dans la salle tiède de la maison de tolérance.

Il la regarda sans la voir, avec l'air de dire que ça ne la regardait pas.

— La patronne n'a pas rouspété. Seulement, demain, tu devrais descendre un peu plus tôt, à cause du nettoyage. Tu ferais bien aussi d'offrir une tournée générale. Ce n'est pas pour moi que je parle, je te jure!

Sans répondre, il frappa la table de son index replié et grommela :

— Du champagne!

Il en paya deux bouteilles, après quoi il ne lui resta plus que cinquante francs en poche. Dans la chambre, il n'échangea pas dix phrases avec Adèle, qui avait déjà l'habitude de la soumission. Elle fut stupéfaite, dès neuf heures du matin, de le voir prêt à partir.

— Tu reviendras?
— C'est possible!

Elle aperçut le billet de cinquante francs posé sur la toilette et se leva, dévêtue, le regard dur :

— Tu oses me faire ça?
— Comme tu voudras, dit-il en reprenant le billet.
— Tu vas faire un sale coup, pas vrai? J'ai peur. Écoute...

Déjà il avait ouvert la porte et descendait l'escalier sombre. Dieudonné arrivait d'habitude au *Paris-Centre* à dix heures du matin. Quelques minutes avant, il passait place Carnot et c'est là que Bachelin l'attendit, crispé, à deux cents mètres du commissariat de police.

La place était déserte, le terre-plein blanc de neige durcie. A dix heures moins trois, Dieudonné déboucha de la rue de Paris, engoncé dans un gros manteau gris, son haleine faisant nuage devant sa figure.

Il ne reconnut Bachelin que quand celui-ci se campa devant lui en disant :

— Bonjour!

Il s'arrêta net, regarda autour de lui comme pour s'assurer qu'ils n'étaient pas tout à fait seuls.

— N'aie pas peur ! Je veux seulement te demander quelque chose. Prête-moi cinq cents francs et je te les renverrai la semaine prochaine, quand je serai rentré à Paris.

Dieudonné était un mou au visage rose, aux yeux bleus, à la bouche enfantine.

— Pourquoi es-tu revenu ? balbutia-t-il, ne trouvant rien d'autre à dire.

— C'est trop long à t'expliquer. Je te demande seulement de me prêter cinq cents francs. J'en ai absolument besoin.

— Je ne sais pas si je les ai sur moi.

Malgré le froid, le journaliste entrouvrit son manteau, retira un gant de laine pour fouiller plus aisément son portefeuille.

— Deux cents... Trois cents... Quatre cent vingt-cinq...

— Tu as vu que je ne t'ai pas trahi, articula-t-il. J'ai demandé aux autres de ne rien dire. Fais attention quand même ! Malgré ta barbe...

— Merci, vieux ! Je te revaudrai cela !

Et Bachelin lui serra la main, se dirigea à grands pas vers la gare.

Tout en marchant, il ricanait en dedans :

« Il a peur ! Ils ont tous peur ! »

Adèle aussi, au fond, avait peur de lui, et comme elle aimait avoir peur elle était prête à faire tout ce qu'il lui demanderait. Il y avait quatre ou cinq paysans devant le guichet. Il s'avança de telle manière que deux d'entre eux, sans s'en rendre compte, lui cédèrent leur place.

— Deux secondes aller simple, Paris !

Il évita de passer près du café de la Paix, à cause du garçon qui devait être bien avec la police. Il connaissait un petit armurier, qui vendait aussi des accessoires d'automobile à l'autre bout de la ville et il entra peu après dans la boutique.

— Donnez-moi un revolver pas trop cher.

Est-ce que le marchand n'avait pas peur, lui aussi ? Bachelin le faisait exprès de manier l'arme comme s'il eût joué du revolver toute sa vie.

— Des balles, maintenant.

Il paya et s'en fut en serrant la crosse du revolver dans sa poche.

Jusqu'au soir, il erra de bistro en bistro, buvant assez pour entretenir sa fièvre, trop peu pour s'enivrer.

A midi, M. Grandvalet fit signe à sa femme qu'il voulait lui parler à part et elle mit du temps à comprendre. Quand ils furent seuls dans la chambre à coucher, tandis que Juliette desservait la table, il murmura :

— Trouve une excuse pour qu'elle n'aille pas à sa leçon aujourd'hui. Je ne suis pas tranquille.

— Que faut-il lui dire ?

— Que tu as la grippe, ou n'importe quoi.

Il rentra en souriant dans la salle à manger, lança gaiement :

— J'ai trouvé une jolie surprise pour ton Nouvel An !

Sa fille sourit aussi et il l'observa sans découvrir chez elle une arrière-pensée.

— Si tu as la grippe, il faut te mettre au lit, je vais

te préparer de la tisane, disait un peu plus tard la jeune fille à sa mère.

Comme, en vérité, Mme Grandvalet était enrhumée elle se laissa faire.

— Cela m'ennuie pour ta leçon.

— Bah! Une de plus ou de moins.

On laissa ouverte la porte qui séparait la chambre de la salle à manger, Juliette joua deux *Polonaises*, avec application, puis, quand il fallut allumer les lampes, ferma son piano.

— Où vas-tu? questionna Mme Grandvalet à moitié endormie.

— On a jeté quelque chose dans la boîte aux lettres. Je remonte tout de suite.

Elle ne prit ni son manteau, ni son chapeau. En bas, elle ouvrit la porte sans bruit. Son premier regard fut pour la place exacte où elle savait trouver Bachelin et elle le rejoignit sans refermer la porte, car elle n'avait pas emporté la clef.

Elle s'approcha, craintive, de l'homme qui ne bougeait pas. Quand elle fut tout près, seulement, il lui mit les deux mains sur les épaules et la regarda avec des yeux si fiévreux qu'elle eut peur.

— Ecoute...

Il la sentait trembler sous ses mains. Les deux fenêtres étaient éclairées.

— Tu m'aimes, n'est-ce pas?

Elle faillit pleurer. Elle ne pouvait pas détourner son regard et il l'attirait contre lui, l'étouffait à force de la serrer contre sa poitrine.

— Si tu ne viens pas avec moi, je serai mort dans cinq minutes.

D'un geste brusque, il l'avait repoussée et sa main avait saisi le revolver qu'il brandissait.

— Je ne peux pas vivre sans toi, martelait-il. Si tu veux, nous partirons pour Paris. J'ai les billets.

Elle ne pleurait pas encore. Elle ne savait plus où elle était. C'était le regard de Bachelin qui semblait la maintenir debout.

— Je vais tirer...

Il était debout sur le seuil qui avait été si souvent leur refuge, et voilà que la fenêtre de la vieille, au premier, s'ouvrait en craquant.

— Je n'ai pas mon manteau... balbutia Juliette.

— Tu me jures que tu ne bougeras pas ?

Grelottante, elle fit oui de la tête. Des passants se retournaient sur elle et Bachelin l'abrita dans une ruelle voisine pendant qu'il pénétrait dans la lumière violente des Nouvelles Galeries. Il dut monter au troisième étage pour trouver le rayon de la confection et il acheta, sans choisir, un manteau verdâtre qu'il paya cent vingt francs. Pour ne pas chercher le rayon des chapeaux, il prit un béret basque dont il y avait tout un étalage et piétina devant la caisse pendant qu'on faisait son paquet.

Juliette n'avait pas changé de place. Il arracha la ficelle, lança le papier gris dans le ruisseau.

— Tu vois !... dit-il, triomphant.

Il était ému de la voir si mal habillée. Il en était heureux. Telle quelle, ce n'était plus la fille du minutieux M. Grandvalet. Rien ne rappelait les leçons de piano, l'abat-jour rose, la maison quiète.

— Il y a un train dans une demi-heure. Veux-tu boire quelque chose ?

— Je n'ai pas soif.

C'était lui qui avait envie de pleurer, mais de joie, d'orgueil, d'attendrissement sur elle et sur lui-même.

— Tu verras quelle vie je vais te faire !

Il crut qu'elle souriait. En marchant, il lui serra la taille.

Elle se souvint soudain :

— J'ai laissé la porte ouverte.

— Qu'est-ce que cela peut faire ?

Il passa à cent mètres de la maison close et, si c'eût été possible, il eût mis Adèle au courant de son triomphe.

— A Laroche, nous changerons de train. Comme cela, si on signale ta fuite...

Mais il se ravisa en apercevant le bistro où il avait écrit le billet à Juliette.

— Entre ! N'aie pas peur.

Le patron le reconnut, questionna :

— Un rhum ?

— Deux. Et de quoi écrire.

Il n'y avait qu'une table, dans un coin. Il y installa sa compagne, devant une feuille de papier, et dicta :

« Mes chers parents,

Ne me faites pas rechercher. Je suis heureuse. Si on essayait de me ramener à la maison, je me tuerais... »

Elle écrivit, sans le regarder. Il frémissait. Chaque mot tracé sur le papier était une nouvelle victoire. Il eut une inquiétude, la dictée finie, quand il vit la plume s'abaisser à nouveau sur la feuille.

« *Pardon, papa* », ajouta-t-elle.

Il ne laissa pas à l'encre le temps de sécher et, collant l'enveloppe, il dit au patron :

— Cinq francs pour vous si vous faites porter cette lettre tout de suite au numéro 3 de la rue Creuse. Servez-moi encore un rhum.

Son front ruisselait de sueur.

III

Il était huit heures du matin quand ils pénétrèrent dans une chambre, au quatrième étage d'un hôtel de la rue des Dames. La première vision de Paris, pour Juliette, avait été une succession de rues vides, blanchies par le gel, balayées par la bise, où seuls déferlaient de monstrueux autobus.

Il faisait jour, un jour blanc et coupant comme du verre dépoli, mais dans la chambre, qui avait vue sur la cour, il fallait garder l'ampoule électrique allumée.

— Ce n'est pas mal, murmura Bachelin en regardant autour de lui.

Il disait cela pour dire quelque chose. Ses paupières picotaient et sa fatigue en arrivait à lui donner mal au cœur.

Dans le train, Juliette avait dormi, étendue sur la banquette, mais lui avait passé la plus grande partie de la nuit à marcher dans le couloir, le long des vitres couvertes de givre que, parfois, il grattait du bout des ongles.

Il découvrait alors un morceau de campagne blanche, un clocher, une ferme, des toits. Vers le matin, des lumières clignotaient par-ci par-là à l'horizon.

Quand il se retournait, c'était pour apercevoir Juliette, qui dormait d'un sommeil agité.

— J'ai froid, avait-elle soupiré sans ouvrir les yeux.

Et il s'était assis au bout de la banquette pour lui réchauffer les pieds dans ses mains.

Ce furent les seules effusions. Il y avait un couple de Lyonnais dans le compartiment et d'ailleurs, sans leur présence, il en eût sans doute été de même. On n'était nulle part. On attendait. On avait trop chaud et trop froid, au hasard des courants d'air.

Plusieurs fois, Bachelin trouva Juliette les yeux ouverts, mais elle ne le regardait pas. Les yeux vides de pensées, elle regardait droit devant elle.

Maintenant, dans la chambre, elle s'adossait à l'étroit radiateur qui n'était que tiède et y collait les paumes de ses mains. Bachelin essayait d'être désinvolte, retirait son pardessus, changeait de place l'unique fauteuil en tapisserie sale.

— Tu ne veux pas manger ?
— Je n'ai pas faim.

Ils ne se regardaient pas. Juliette entendait des bruits derrière elle, dans la chambre voisine. Un robinet coulait, puis quelqu'un s'ébrouait, surpris par l'eau froide. C'était un homme et Juliette reconnut même le bruit qu'il faisait — comme son père — en repassant son rasoir.

Dans l'escalier, des gens descendaient, qui habitaient le cinquième et le sixième. Sur le palier même, une servante cirait les chaussures.

— Il faut que tu te reposes, dit Bachelin en touchant les deux épaules de sa compagne.

Il lui enleva le manteau vert, emmena Juliette vers le lit.

— Déshabille-toi.

Il marcha jusqu'à la fenêtre, contempla la cour, les sourcils froncés comme par la mauvaise humeur.

— Dépêche-toi, Juliette !

Il surprit enfin un froissement de tissus. Les chaussures tombèrent l'une après l'autre et les ressorts du lit gémirent. Quand il se retourna, Juliette était tellement enfouie dans les draps qu'on ne voyait que des cheveux sur l'oreiller.

Alors, nerveusement, il retira une partie de ses vêtements, tourna le commutateur électrique, livrant la chambre à l'insuffisante lumière du jour.

— Que fais-tu ?

Il s'étendait près d'elle, et la sentait, elle aussi, à demi vêtue. Il voulut l'embrasser et ses lèvres n'atteignirent que la joue, car Juliette détourna la tête.

— Laisse-moi dormir ! murmura-t-elle.

Il ne savait pas ce qu'il allait faire. Pendant plusieurs minutes, il resta immobile, à réfléchir, cependant que la respiration de Juliette devenait plus régulière et son corps plus chaud.

Quand il bougea, elle balbutia avec un geste trop faible pour le repousser :

— Pas maintenant !

Enfin elle se tut, les traits tirés par la douleur, les yeux fixés sur ce visage d'homme si proche du sien.

Croyant qu'elle dormait, tournée vers le mur, il s'habillait sans bruit, allait et venait dans la chambre à pas furtifs. Quand il fut prêt, il arracha une page de son carnet, écrivit au crayon : « Je rentrerai vers midi. Baisers. »

Mais, alors qu'il posait le billet sur la table, la voix de Juliette prononça :

— Où vas-tu?

Il ne put répondre tout de suite. Dans le lit, Juliette se retournait. Un morceau de son visage apparaissait entre le drap et l'oreiller, un œil surtout, qui se fixait sur Bachelin.

— Tu vas travailler?

— Oui. Je reviendrai vers midi. J'apporterai ce qu'il faut pour déjeuner dans notre chambre.

Le chapeau sur la tête, il s'approcha pour l'embrasser et elle lui tendit son front. Il chercha la bouche qui se déroba.

— Tu ne veux pas m'embrasser?

— Pas maintenant.

Les traits de Bachelin se durcirent.

— Tu regrettes?

Pourquoi ne répondait-elle pas aussitôt?

— Tu regrettes? Dis-le! Réponds!

— Laisse-moi dormir, gémit-elle en changeant à nouveau de côté.

Si bien que toute la matinée il fut de mauvaise humeur. Il ne savait pas où aller. Il avait traîné seul pendant deux mois dans ce même quartier de la place Clichy et il passait par les mêmes rues, devant les mêmes maisons.

En quittant l'hôtel, son but était de chercher du travail, et il acheta un journal avec l'idée d'en lire les petites annonces. Le vent était glacé, la terre du boulevard aussi dure et sonore que des dalles. Parfois une bourrasque soulevait de la fine poussière de glace qui s'incrustait dans la peau.

Il entra dans un bar, commanda un grog et, quand le liquide lui eut donné chaud, il fut envahi par la tristesse ou par le découragement.

Ou plutôt, ce n'était à proprement parler ni l'un, ni l'autre. Il était là, debout, dans un bar, et il se demandait ce qu'il y faisait, ce qu'il faisait à Paris, il se demandait même en quoi cette minute se rattachait au passé ou à l'avenir. L'idée que Juliette dormait là-bas, dans sa chambre de la rue des Dames, lui faisait peur. Il compta son argent. Il lui restait quatre-vingts et quelques francs.

— La même chose, commanda-t-il.

C'était l'heure creuse. Le patron, en manches de chemise, astiquait le percolateur. Un vieux passa sur le trottoir, traînant les jambes, portant sur le dos un panneau-réclame, et Bachelin le suivit d'un regard aigu, méfiant, comme il eût scruté les traits d'une diseuse de bonne aventure.

Quand il rentra, à midi, chargé de petits paquets qui contenaient de la charcuterie, une bouteille de vin sur le bras, il trouva Juliette tout habillée, occupée à coudre, près de la fenêtre.

Il lui sembla qu'elle était plus pâle que d'habitude, que ses traits étaient plus fins, son regard plus profond.

— Qu'est-ce que tu fais? s'étonna-t-il.

— J'arrange mon manteau.

— Où as-tu trouvé des aiguilles, du fil, des ciseaux?

— J'en ai demandé en bas, à la logeuse.

Il en fut dérouté. Il n'avait pas imaginé qu'elle fût

capable de descendre, toute seule, d'entrer dans l'étroit bureau où la lampe restait allumée toute la journée, de demander ce qu'il lui fallait.

— Elle n'a rien dit ?

— Elle voudrait savoir si nous comptons prendre la chambre au mois.

Il eut la certitude que le regard de Juliette avait changé. Elle l'observait, à présent, comme si elle cherchait à se rendre compte de certaines choses, et il se troubla.

— Pourquoi me fixes-tu ainsi ?

— Comment ?

— Tu n'es même pas venue m'embrasser.

Elle se leva et, docile, lui tendit ses lèvres.

— Oui, nous prendrons la chambre au mois, dit-il alors en rangeant les victuailles sur la table. D'ailleurs, nous ne resterons pas longtemps ici. Dès que j'aurai un peu d'argent, nous chercherons un petit appartement que nous aménagerons. Tu aimes le saucisson ?

— Ne mets pas le pain sur ce tapis sale ! l'interrompit-elle.

Cette observation lui déplut, d'instinct, car il y sentit un blâme.

— Pourquoi dis-tu qu'il est sale ?

— Parce qu'il est sale. Des tas de gens ont vécu ici. Le dossier du fauteuil reluit à force d'être gras.

— C'est une chambre d'hôtel, répliqua-t-il assez sèchement.

L'instant d'après, tandis que, face à face, ils commençaient leur repas, il leva les yeux vers elle, tendit sa main par-dessus la table.

— Pardon !

— Pourquoi ?
— Je ne suis pas gentil. Tu ne peux pas comprendre.

Une émotion subite lui serrait la gorge et il eut envie de prendre Juliette dans ses bras et de pleurer. C'était peut-être de la voir si tranquille qui le touchait de la sorte. Elle était assise près de la fenêtre, éclairée par sa lumière terne, sans vibrations. Elle portait une robe de laine noire, déjeunait avec des gestes simples et naturels, comme dans la salle à manger de ses parents. Elle ne semblait pas s'apercevoir qu'il n'y avait que du papier gras en guise d'assiettes. Elle ne se doutait pas qu'ils étaient tous les deux sans point d'appui, sans argent, sans espoir.

— A quelle heure reprends-tu ton travail ?
— A deux heures... deux heures et demie...
— Quel travail est-ce ?

Il mastiqua une bouchée, pour se donner une contenance.

— Je place des... des produits pharmaceutiques... Mais je cherche autre chose...

Il n'avait plus faim. Elle ne s'était aperçue de rien. Elle mangeait comme un oiseau, à tout petits coups, en regardant vaguement le mur de l'autre côté de la cour.

— Je pourrais travailler aussi, prononça-t-elle enfin. Le plus difficile, ce doit être pour trouver une place.

— Une place de quoi ?

Il devenait agressif, d'instinct.

— Je suis capable de tenir le piano dans un orchestre de cinéma, par exemple.

— Il n'y a plus d'orchestre dans les cinémas.
— A Nevers, pourtant...
— Nous ne sommes pas à Nevers.

Il s'était levé. Tout en arpentant la pièce, il se passait la main dans les cheveux. Il remarqua que le lit était déjà fait.

— La femme de chambre est venue ?
— Non. C'est moi.

Ce qu'il ne lui pardonnait pas, c'était de le regarder ainsi, avec l'air de scruter, de réfléchir, de juger.

— Qu'est-ce que j'ai d'extraordinaire ? questionna-t-il à brûle-pourpoint.
— Que veux-tu dire ?
— Tu me suis des yeux comme si j'étais un animal curieux.
— Pourquoi es-tu si nerveux ? On dirait que tu as tout le temps envie de me dire des méchancetés.
— C'est cela, j'ai envie de dire des méchancetés ! Moi !

Il était malade d'écœurement. Il avait imaginé les choses tout autrement et il souffrait de se sentir impuissant à dominer la situation.

D'un mouvement rageur, il se jeta sur le lit, la tête tournée vers le mur, et resta immobile, les dents serrées. Il tendait l'oreille. Juliette ne bougeait pas, toujours à table, mais elle ne mangeait plus.

Des minutes s'écoulèrent avant qu'elle se levât, vînt s'asseoir auprès de lui, le buste penché.

— Il est temps que tu partes, dit-elle doucement. Il ne faut pas faire attention. Je suis nerveuse aussi...

Alors il éclata en sanglots, si brusquement qu'il

faillit étouffer. Juliette lui caressait le front, les épaules. Elle disait :

— Calme-toi !... C'est fini... Qu'est-ce que je t'ai fait ?

Il la prit dans ses bras, pleura sur elle, la mouilla de ses larmes. Il tremblait. Et, à travers une buée, il voyait le visage pâle et régulier où il ne parvenait à lire aucun sentiment, sinon de la commisération et de l'étonnement.

Il dut se moucher et la repoussa, se dressa dans la chambre, s'essuya le visage devant la glace.

— Qu'est-ce que tu as eu ?
— Rien. Tu as raison. Il est temps que je parte...

Il fut sur le point de balayer d'un geste les victuailles qui restaient sur la table, mais il se contint.

— A ce soir. Ne sors pas...
— Pourquoi sortirais-je ? Je ne sais même pas où je suis !

Il avait la peau endolorie et le froid du dehors rendit ses paupières cuisantes. Le journal était toujours dans sa poche. En plein boulevard des Batignolles, il le déploya, lut une annonce presque au hasard : « On demande monsieur présentant bien pour vendre article nouveau. S'adresser 18 *bis,* rue d'Hauteville. »

Il y alla par défi. Ils étaient trente à attendre dans l'antichambre et il faisait nuit depuis longtemps quand il entra dans un bureau où un vieux monsieur à lunettes ne le regarda même pas.

— Vous avez des références, ou tout au moins quelqu'un qui puisse répondre pour vous ?

Bachelin donna l'adresse de Dieudonné, au *Paris-Centre,* et celle de Lasserre. Une dactylo lui apporta une serviette en imitation de cuir et fit rapidement l'inventaire du contenu : cinq brosses de modèles différents, brosse à habits, à chapeaux, à chaussures, à balayer et brosse à ongles, toutes les cinq montées sur fil de fer.

— Signez le reçu. Vous avez trente pour cent sur les ventes. Quel quartier, mademoiselle ?

— De la République à la Bastille.

Il n'avait plus qu'à partir. Le suivant entrait déjà comme tant d'autres étaient entrés depuis midi. La dactylo courut après Bachelin qui avait oublié le prix courant et le carnet de commandes.

Dans la rue d'Hauteville, où passaient de lourds camions, il avait déjà perdu toute envie de vendre des brosses, de maison en maison. Il eut l'idée de poser sa serviette sur un seuil et de s'en aller, puis il pensa au bistro de la place Clichy dont le patron commençait à le connaître de vue et il attendit l'autobus.

C'était l'heure de l'apéritif. Il y avait du monde dans le bar qui sentait l'anis. Tout au bout du comptoir en étain, Bachelin commanda un pernod et attendit que le patron fût moins occupé.

— Qu'est-ce que vous dites de ça ? fit-il enfin en tendant une brosse.

L'autre la tourna et la retourna, la passa à un client qui demandait à voir.

— Ce n'est pas du vilain travail, concéda ce dernier.

Bachelin sortit les quatre autres brosses.

— Cinquante francs le tout, lança-t-il avec une petite angoisse.

Le bistro, qui servait un nouveau venu, eut un regard à la brosse à chapeau.

— C'est trop cher. Trente francs.

— Mettez-en trente-cinq.

— Moi, je les prends, intervint le client.

— Deux pernods! conclut Bachelin. Et tenez! Je vous donne la mallette pour le même prix.

Il avait le sang à la tête. Le bar était surchauffé, les vitres embuées. Chaque fois que la porte s'ouvrait, es rumeurs de la place Clichy entraient avec violence.

— Il est temps que j'aille rejoindre ma femme, nurmura-t-il, une fois les consommations payées.

Son acheteur le retint par la manche.

— Ma tournée d'abord! Patron! La même chose.

Qu'est-ce que Juliette pouvait faire depuis midi dans une chambre où elle n'avait pas un seul objet personnel? Il avait envie de la retrouver, mais il but d'abord l'apéritif qu'on lui offrait.

— Vous habitez le quartier?

— Rue des Dames...

— Moi, rue de Lancry.

Ils traversèrent la place ensemble, se faufilant entre les taxis et les autobus, se serrèrent la main sans se connaître.

En montant les quatre étages, Bachelin sentit sa fatigue, accrue par les apéritifs. Il ouvrit la porte sans bruit, eut peur en voyant que la lampe n'était pas allumée.

Mais, dès qu'il eut tourné le commutateur, il aperçut Juliette qui dormait, les joues cramoisies, couchée tout habillée en chien de fusil.

Elle ne s'éveilla pas. Sa respiration était bruyante

et régulière comme la respiration d'un malade. A chaque souffle, sa lèvre inférieure se gonflait, sa bouche s'entrouvrait, sa poitrine se soulevait lentement.

On parlait, dans la chambre voisine : une voix d'homme et une voix de femme. Mais ce n'était qu'un murmure dans lequel il était impossible de distinguer les mots. Seule la cadence de la conversation était sensible. Les phrases s'étiraient sans hâte, entrecoupées par des silences. Il y eut des bruits d'assiettes. Comme la plupart des locataires de l'hôtel, les voisins devaient manger dans leur chambre. Ils avaient un réchaud à essence, car Bachelin perçut le giclement de la flamme.

Au-dessus de lui, quelqu'un marchait, qui venait aussi de rentrer du travail. Les pas étaient des pas de femme. Deux jeunes filles descendaient l'escalier en riant.

Juliette dormait toujours, inconsciente de tout ce qui l'entourait. Elle rêvait peut-être qu'elle était à Nevers, dans la maison de la rue Creuse, et que tout à l'heure sa mère viendrait l'éveiller, qu'elle s'installerait au piano, que son père lui demanderait de jouer une *Polonaise.*

Bachelin s'était débarrassé de son pardessus et, enfoncé dans le fauteuil, il regardait mollement le lit non défait et la forme sombre de la jeune fille.

Maintenant le radiateur chauffait violemment et lui envoyait des bouffées de fièvre au visage. La lumière électrique était faible et brouillait les rayures grises et jaunes de la tapisserie.

Des bruits de fourchette naquirent dans la chambre voisine. Bachelin voulut se lever comme on frappait à une porte, mais ce n'était pas à la sienne.

Juliette déploya un bras, bomba la poitrine, se retourna sans s'éveiller, retombant au contraire, avec un grand soupir, au plus profond du sommeil.

Des autos, des autobus passaient au loin. Bachelin ferma les yeux. Il eut l'impression d'être cahoté. Peu à peu il sentit comme le rythme régulier d'un train, et il se crut encore debout dans le couloir du wagon, à gratter le givre pour contempler la campagne blanche de neige.

Le rythme s'accéléra, ralentit, s'accéléra encore, et soudain il fut debout, les yeux ouverts, à écouter.

Il y avait eu un grand vacarme. Il regardait la porte et Juliette s'était soulevée sur son lit, réveillée par le même bruit.

— Qu'est-ce que c'est ? gémit-elle.

Il domina sa peur, s'avança, tourna la clef dans la serrure, vit un homme ivre qui était tombé en gravissant l'escalier et qui se redressait péniblement.

Juliette se levait, tirait sur le bas de sa jupe froissée. La couverture avait laissé des marques rougeâtres sur sa joue gauche et ses cheveux étaient en désordre.

— Qu'est-ce que c'est ? répéta-t-elle, fronçant les sourcils pour reprendre ses esprits.

— Quelqu'un qui rentre ivre.

La chambre paraissait plus sombre, comme si la lumière eût baissé. Ils s'épiaient tous les deux avec un étonnement mêlé de pudeur. Juliette fut la première à remplir un verre d'eau au robinet mais, avant de boire, elle murmura :

— Vous n'avez pas soif ?

Elle se reprit aussitôt.

— Tu n'as pas soif ?... J'ai dormi si profondément... Quelle heure est-il ?

— Peut-être minuit...

Il n'avait pas de montre. Il but une gorgée d'eau glacée. Juliette, en buvant à son tour, se regarda dans le miroir.

Et ils hésitaient à parler encore, à faire quelque chose. Ils restaient debout dans la chambre étroite où le fauteuil était toujours dans le chemin.

Enfin Bachelin ouvrit le lit, d'un geste mou qui semblait signifier :

— Il n'y a rien d'autre à faire !

Quand il se retourna, Juliette était près de lui, qui le regardait d'un air peureux. Il l'attira contre sa poitrine. Il ne toucha pas à ses lèvres, mais il lui serra la tête contre son épaule.

Il ne voulait plus bouger. Il préférait rester ainsi, sans rien dire, à regarder au-delà d'elle, dans le vide flou de la tapisserie et de la fenêtre éteinte.

A son oreille, une voix timide murmurait :

— Tu n'es pas gentil...

D'un faux mouvement, il poussa le fauteuil dont les roulettes grincèrent sur le plancher, et le voisin frappa trois ou quatre coups sur la cloison pour réclamer le silence.

IV

— Vous êtes sûr qu'on ne m'a pas demandé? insista M. Grandvalet en vidant avec soin un petit pot de crème fraîche.

— Je vais encore m'en assurer, promit le garçon.

M. Grandvalet le vit parler à la patronne qui se tenait à la caisse. Il comprit qu'il n'était venu personne et, regardant dans le vide, il s'occupa les mains en ramassant sur la nappe les miettes de pain.

Il était à Paris depuis quinze jours et il venait d'écrire au Crédit Lyonnais pour prolonger son congé. Au surplus, n'était-ce pas une formule de politesse et ne sentait-il pas confusément, depuis le soir même du départ de Juliette, que jamais il ne reprendrait sa place à la banque?

Le lendemain de ce départ, il s'était pourtant habillé comme tous les jours, il avait embrassé sa femme au front et il était sorti. Il avait commencé à parcourir le chemin habituel, mais il n'en était pas à moitié qu'il faisait volte-face, résistant à une soudaine envie de crier de douleur, de trépigner, de montrer le poing au ciel et peut-être de sangloter en lisant au premier passant le pitoyable billet. Chez lui, il avait failli s'acharner, petit et frénétique, sur l'immense piano ouvert, et après qu'il eut tourné en rond pendant deux heures, sa femme, qui reniflait de temps en temps, avait préparé sa valise.

— Va à Paris. Tu la retrouveras peut-être. Tu lui parleras.

Les jambes enflées, la chair molle, Mme Grandvalet ne voyageait plus. Elle cherchait à ne rien oublier, glissant sur ses pantoufles de la garde-robe à la valise. Et son mari était parti par le train du soir, avait entendu se fermer la porte derrière lui puis, pris de panique, s'était mis à courir vers la gare.

Comme les trois autres fois qu'il était venu à Paris, il était descendu à l'hôtel du Centre, près de la gare de Lyon, dans une rue aussi paisible que la rue Creuse. L'hôtel était au fond d'une cour, connu des seuls habitués qui avaient un anneau de serviette à leur initiale. Les planchers étaient aussi luisants de cire que dans un couvent de religieuses et il y avait toujours quelques prêtres dans la salle à manger.

Non loin de M. Grandvalet mangeait une veuve au visage triste qui était à Paris pour faire examiner son bambin par de grands médecins. La propriétaire était vêtue de satin noir, avec une croix d'or en pendentif.

Depuis des jours, M. Grandvalet, fatigué, ahuri, osait à peine s'écarter de cet abri. Deux ou trois fois il s'était enfoncé, à pied, dans la cohue des grands boulevards et des rues centrales, et il était revenu accablé par la sensation de son impuissance.

Il avait bien un fils, Philippe, qui habitait rue Championnet, mais il remettait toujours au lendemain d'aller le voir, car Philippe, jusqu'à son mariage, et même après, avait accusé son père de lui préférer Juliette. Il y avait eu notamment des mots désagréables lors de l'achat du piano.

Était-il possible d'aller lui avouer que sa sœur était partie avec un voyou?

Perdu dans ses pensées, M. Grandvalet n'avait pas vu le garçon s'avancer.

— Un monsieur vous demande dans le vestibule.

Il se leva, la gorge serrée, en faisant un effort pour dominer ses nerfs, car il attendait cet instant avec autant de frayeur que d'impatience.

Avait-il eu tort? Avait-il eu raison? Sa femme lui écrivait :

« Tu devrais consulter un prêtre qui connaisse bien la capitale... »

Il y en avait dans l'hôtel même, il en croisait d'autres chaque jour dans l'escalier encaustiqué, et pourtant il n'avait pas suivi ce conseil.

Après qu'à trois ou quatre reprises il se fût jeté dans la foule pour en ressortir à bout de souffle, il lut chaque jour des annonces, toujours les mêmes, dans les journaux que le garçon lui apportait fixés à un bâton verni.

... Détective privé... Enquêtes, filatures... Affaires de famille... Discrétion garantie... Ancien inspecteur de police...

La tentation le faisait rougir, et, finalement, il se décida, hésita devant un affreux immeuble des Halles, gravit les quatre étages du plus sale escalier qu'il eût jamais vu. C'était l'avant-veille. Il avait versé trois cents francs de provision et maintenant on venait de lui téléphoner :

— Pouvez-vous m'accompagner ce soir? Je crois que je suis sur la bonne piste.

Il avait mis un col à pointes cassées, une cravate sombre, ses boutons de manchettes en or. Le détective, qui s'appelait M. Émile, était un homme gras et court, pas très soigné de sa personne. Le chapeau sur la tête, il arpentait bruyamment le vestibule.

— Vous êtes prêt ?

— Je mets mon pardessus et je vous suis.

— Ne vous pressez pas. Cela ne commence vraiment qu'à neuf heures et demie.

M. Grandvalet n'osa pas demander ce qui commençait à neuf heures et demie. Son compagnon le fit monter dans un taxi et donna l'adresse de la place Blanche.

— Je ne jure pas que ce soit elle, mais elle ressemble rudement à la photographie que vous m'avez remise.

Encore une chose qui fit rougir le caissier : l'idée que cet individu vulgaire se promenait avec un portrait de Juliette dans sa poche, mêlé à d'autres photos, à des papiers douteux qu'il tirait à tout propos.

— En tout cas, si c'est elle, elle s'est fait couper les cheveux.

La gorge serrée, M. Grandvalet, respirant à peine, regardait défiler les lumières. Comme on frôlait un autobus, il se cramponna, sûr de l'accident, au bras du policier.

— Six francs cinquante au compteur. Payez et donnez soixante-quinze centimes de pourboire.

Les ailes du Moulin-Rouge tournaient lentement, lumineuses, dans le ciel. M. Grandvalet se laissa conduire, si désolé qu'il eût voulu arrêter son compagnon.

— Prenez deux entrées. Donnez dix francs.

Et il se trouva dans la grande salle de bal où cinq cents personnes dansaient.

— Aimez-vous mieux vous asseoir ou rester debout ?

Il resta debout. On le bousculait. Le plateau des garçons le heurtait au passage. Il regardait des visages de jeunes filles aux lèvres peintes, aux yeux noircis.

— Ce sont des femmes de mauvaise vie ?

— La plupart sont de braves petites filles, des employées, des dactylos, des vendeuses. Les professionnelles se tiennent surtout au bar. La nôtre n'est pas encore arrivée. Elle ne vient guère qu'un peu avant dix heures. Peut-être son ami travaille-t-il tard.

Quand un orchestre s'arrêtait, un autre éclatait aussitôt, sans une seconde de répit, au point que M. Grandvalet sentait se précipiter le rythme de son sang. M. Émile, lui, son veston ouvert, mains dans les poches, fumait sa pipe.

— Tenez ! annonça-t-il soudain. La voici.

Mais M. Grandvalet chercha en vain autour de lui. Le détective dut lui prendre le bras, lui montrer de tout près une gamine maladive qui n'avait aucune ressemblance avec Juliette et qu'accompagnait un jeune homme aux cheveux bruns séparés par une raie.

— C'est elle ?
— Non !
— Ah !

M. Émile ne semblait même pas contrarié.

— Venez ! dit-il en entraînant le caissier. Ce n'est qu'une heure de perdue et vous avez tout le temps, n'est-ce pas ? Généralement, c'est ici que je les retrouve après quelques jours de Paris, ou encore à *Luna Park,* au *Coliseum,* à l'*Élysée Rochechouart* pour celles qui sont moins bien habillées. Quant aux bonniches, c'est plutôt dans les musettes qu'on met la main dessus. Savez-vous qu'il en disparaît plus de deux mille par an ?

A chaque maison des enseignes annonçaient des cabarets ou de petits théâtres.

— Si vous voulez, nous entrerons un moment au *Coliseum,* proposa M. Émile qui entraînait son client le long du boulevard. C'est à cinq minutes d'ici.

— C'est inutile. Je suis sûr que ma fille n'est pas là-dedans.

Le policier haussa les épaules.

— On dit toujours ça.

— Écoutez. Rendez-moi la photographie.

— Vous ne voulez pas que je continue les recherches ?

M. Grandvalet était timide. Il eut peur de blesser son compagnon, plus peur encore, peut-être, de rester définitivement seul.

— Je ne sais pas...

— Il me vient une idée. Vous allez voir que je ne suis pas intéressé. J'ai gardé de bons camarades à la Police Judiciaire, où j'ai travaillé dix ans. Demain, nous rendrons visite à un ancien collègue, Jusseaume, et il nous donnera un coup de main. Le principal, c'est de pouvoir consulter les fiches des garnis.

— Vous savez bien qu'il ne faut à aucun prix que ce jeune homme soit inquiété. Ils se tueraient tous les deux. Je connais ma fille. Et si la police...

— La police fera ce que nous lui demanderons. Si elle devait mettre en prison tous les petits jeunes gens qui ont fait des bêtises pour une femme...

Ils avaient atteint le *Coliseum*. Le concierge leur ouvrit la porte et on entendit la musique.

— Nous entrons ?
— Non. J'aime mieux pas, je vous assure !
— Alors, demain je passe vous prendre à dix heures du matin. Nous verrons Jusseaume. Ne vous inquiétez de rien. Bonne nuit.

Quand il rentra à l'hôtel du Centre, M. Grandvalet comprit que le garçon de nuit le soupçonnait d'avoir fait la noce. Il dormit d'un sommeil agité, comme quand on a bu. A huit heures, il était levé, rasé de frais et habillé, comme d'habitude, et il prit son petit déjeuner dans la salle à manger, près de la grotte artificielle où coulait un filet d'eau.

Pour tuer le temps, il demanda un sous-main et commença une lettre à sa femme.

« ... Quelqu'un de très bien me conseille et me guide... Tout à l'heure encore, je serai mis en rapport avec une des personnalités les plus capables de nous aider dans les circonstances présentes... »

Comme par hasard, on lui apporta une lettre de Mme Grandvalet.

« ... Je crois que tu as tort de t'obstiner. Ta fille, tu le sais bien, n'en a jamais fait qu'à sa tête et ce ne sont pas les sermons qui y changeront quelque chose. D'ailleurs, son frère est à Paris, qu'il connaît mieux que toi, et s'il y a quelque chose à faire de ce côté... »

Puis, plus loin :

« J'ai reçu les feuilles de contributions, mais j'attends ton retour. M. Mortier est venu hier (c'était le directeur de l'agence du Crédit Lyonnais) et m'a demandé de tes nouvelles.

« Il croyait que tu étais à Paris pour te soigner. Je ne sais pas pourquoi je me suis mise à pleurer et, petit à petit, je lui ai avoué toute la vérité.

« Je n'étais même pas en toilette, car il est arrivé à deux heures de l'après-midi et je finissais le ménage.

« Je lui ai promis que tu serais rentré à la fin de la semaine et il est parti. »

« Il est parti sans rien dire ! pensa M. Grandvalet. Je suis sûr qu'il était furieux. »

Il n'envoya pas sa lettre, qu'il déchira en petits morceaux réguliers, aussi lentement, aussi soigneusement que la veille il avait vidé son pot de crème. Dans le salon voisin, feutré de tissus passés, il entendit des sanglots. En se penchant, il vit la femme en deuil qui pleurait et qu'un prêtre essayait de consoler. Est-ce que les médecins avaient condamné son fils ? Pleurait-elle toujours son mari ?

L'horloge marquait dix heures moins dix et M. Grandvalet fut tenté de partir en laissant une excuse quelconque pour le détective. Il l'aurait peut-être fait si celui-ci n'était arrivé, tout frais de la fraîcheur du matin d'hiver, des gouttes d'humidité sur les moustaches et sur les épaules.

— Vous êtes prêt ? Attendez ! Garçon, un rhum.

Il ajouta :

— Couvrez-vous bien. Il y a cinq degrés en dessous de zéro.

Quai des Orfèvres, il franchit le portail en habitué, traversa la cour grise où M. Grandvalet remarqua un écriteau annonçant le tribunal des enfants. A droite de l'escalier, une pièce était éclairée à l'électricité, malgré l'heure, et on devinait, derrière les vitres sales, des dossiers couvrant les murs jusqu'au plafond.

— Nous y viendrons tout à l'heure. C'est la brigade des garnis, où nous avons des chances de trouver la trace de nos oiseaux.

M. Grandvalet ne protesta pas, impressionné, non par la pompe des lieux, mais par l'immensité, la froideur, la grisaille du décor. C'était plus morne encore qu'une caserne. On croisait des hommes qui descendaient l'escalier et qui parlaient à voix très forte : des gens de la maison, sans aucun doute. M. Émile serra la main de l'un d'eux.

— Je te retrouve tout à l'heure ?
— Midi, *Chope du Pont-Neuf*...

Il poussa une porte vitrée et ils se trouvèrent dans un long et large couloir. Chaque porte était marquée du nom d'un commissaire. Et, là encore, des hommes, tête nue, des papiers à la main, discutaient aussi bruyamment que dans une halle.

— Attendez-moi un instant.

Le détective entra dans un bureau, y resta près d'un quart d'heure et revint un cigare aux lèvres.

— Jusseaume va nous recevoir. Il en finit d'abord avec cette poule.

D'un coup d'œil, il désigna une jeune femme qui attendait sur un banc. Elle était bien vêtue. M. Grandvalet l'avait déjà remarquée tandis qu'elle attendait en fixant le plancher sale.

— Qu'a-t-elle fait ?
— On suppose qu'elle a tué son amant, mais il n'y a pas de preuve. Elle prétend, elle, qu'il a pris une trop forte dose de cocaïne.

M. Émile serra encore des mains au vol. On vit passer, traînant la jambe, des Algériens sordides qui allaient de porte en porte sans oser frapper nulle part. Un petit rouquin, qui avait l'air d'un valet de ferme, passa, menottes aux mains, entre deux inspecteurs, et franchit la porte vitrée.

C'est à peine si M. Grandvalet savait encore pourquoi il était là. Il ne voulait pas s'asseoir. M. Émile fumait paisiblement son cigare, s'approchait de temps en temps de la femme qu'il examinait des pieds à la tête.

« Membres de la Police Judiciaire tombés au Champ d'Honneur », lisait M. Grandvalet sur un tableau encadré de noir et orné d'une centaine de petites photographies ovales.

La porte s'ouvrit. Un homme grand et fort, au complet flasque, un crayon derrière l'oreille, dit à la femme :

— Entrez !

Puis, en refermant la porte, il jeta un coup d'œil circulaire, fixa un instant M. Grandvalet.

— A part quelques nouveaux, je connais tout le monde, expliqua M. Émile. Là-bas, à gauche, c'est la police des mœurs. A droite...

Le caissier s'assit quand même, seul sur un banc, car la chaleur l'incommodait, l'énervement lui coupait les jambes. Quand la jeune femme sortit, les yeux rouges, oubliant son sac à main que l'inspecteur lui rendit en courant après elle, il n'avait plus aucune notion du temps ni de l'endroit où il se trouvait, ni même de sa personnalité.

— Si vous voulez entrer... Asseyez-vous... Mon

camarade Émile me dit que vous avez de petits ennuis...

Par contraste avec le couloir, le bureau était très clair, grâce à ses baies ouvertes sur le panorama de la Seine. Mais c'était une clarté de parloir ou d'hôpital.

Il y avait trois chaises en acajou recouvertes de drap vert. Le bureau, lui aussi, était en acajou et, sur la cheminée de marbre noir, devant une glace sans profondeur, il y avait une pendule Louis-Philippe et deux candélabres.

L'inspecteur, après avoir bourré une pipe, poussa la blague à tabac vers son visiteur.

— Merci. Je ne fume pas.

— En deux mots, commença le détective privé, sa fille a fichu le camp avec un jeune homme et...

M. Grandvalet se leva, à bout de patience, se rassit parce qu'on le lui ordonnait du geste.

— Avant tout, je dois vous dire que je ne porte pas plainte. Il ne faut, à aucun prix, que ce garçon soit inquiété. Vous ne pouvez pas comprendre...

L'inspecteur fit signe qu'il comprenait très bien, se tourna, la pipe aux dents, vers son collègue.

— Quel genre de type ?

— Il était employé à la mairie de Nevers. Quand il a appris que monsieur (il désigna Grandvalet) empêchait sa fille de le voir, il a fait des bêtises. Le garçon a vingt-deux ans. C'est un emballé.

M. Grandvalet ne tenait pas en place et faisait un effort pour se raccrocher à quelque chose de solide. Il entendait les mots qu'on prononçait, mais il avait peine à croire que c'était à son drame qu'ils se rapportaient. La fumée montait de la pipe de l'inspecteur, qui jouait avec une boîte d'allumettes.

— Il y a longtemps qu'ils sont à Paris ?
— Près de trois semaines.
— Il avait de l'argent, le jeune homme ?
— Pas beaucoup, en tout cas.
— Des parents, des amis ?
— C'est improbable.

On ne s'occupait pas du père. Les deux hommes parlaient entre eux, simplement, comme de la plus banale des histoires.

— Et la jeune fille ?
— Dix-sept ans. Seulement mon client ne veut pas porter plainte. Il a peur que sa fille se tue. Tout ce qu'il demande, c'est de retrouver sa trace pour pouvoir lui parler.
— Je vais vous expliquer... commença M. Grandvalet.

Mais il ne trouva rien à dire. L'inspecteur Jusseaume le regardait sans le voir, en tirant de petits coups sur sa pipe.

— Vous espérez la ramener chez vous ?
— Je ne sais pas. C'est une enfant, vous comprenez ? Elle ne s'est pas rendu compte de ce qu'elle faisait. Si je lui parle...

M. Émile reprenait, comme si ce discours eût été sans intérêt :

— Bien entendu, j'ai commencé par chercher dans les bals, mais...
— Ma fille ne va pas dans les bals, s'impatienta M. Grandvalet. Ce n'est pas cela du tout !

On ne l'écoutait pas. On n'attachait aucune importance à ce qu'il disait. On s'inquiétait à peine de sa présence. M. Émile tirait de sa poche le tas de papiers qui y traînait toujours, cherchait le portrait, le tendait au policier.

Et celui-ci regardait le visage de Juliette comme il eût regardé n'importe quelle photographie, posait le carton sur le bureau, parmi des dossiers étalés.

En même temps, il pressait un timbre électrique, disait au garçon de bureau qui se présentait :

— Faites monter Lucas.

Il continuait comme pour lui-même :

— S'ils n'avaient pas beaucoup d'argent en arrivant à Paris, il y a des chances pour qu'ils ne soient pas descendus dans un hôtel cher. C'est toujours ça d'acquis. Est-ce que le garçon est de taille à s'inscrire sous un faux nom ?

M. Grandvalet ne savait que répondre. Le détective privé hocha la tête.

— Je le prends plutôt pour un écervelé que pour un mauvais bougre, dit-il en regardant le caissier. Sinon, il n'aurait pas fait les stupidités qu'il a faites.

L'inspecteur Lucas entra, regarda les visiteurs, tendit la main à son collègue.

— Dis donc ! Monsieur est à la recherche de sa fille, qui a filé voilà trois semaines avec un nommé...

Il regarda interrogativement Grandvalet qui balbutia :

— Bachelin. Émile Bachelin...

— Il est à peu près sûr que les tourtereaux sont à Paris. Recherches dans l'intérêt des familles. Monsieur payera les frais, s'il y en a. Il ne veut pas de scandale. Tu peux essayer de trouver ça dans tes dossiers, pas vrai ?

— Pourquoi pas ?

C'était ahurissant de simplicité. Jamais M. Grandvalet n'avait imaginé qu'un drame pût se réduire à ces quelques phrases vulgaires et crues. Déjà l'inspecteur se levait, disait à M. Émile :

— Descends avec Lucas. Si vous trouvez quelque chose, vous n'aurez qu'à remonter me voir.

M. Grandvalet n'eut qu'à suivre. On ne lui donna même pas le temps de dire merci, ni au revoir. Il se trouva dans l'escalier, puis dans les locaux pleins de dossiers où un verre de bière trônait sur le bureau.

— Quelle date exactement ?

Il ne comprit pas qu'on lui parlait et on dut l'arracher à son abrutissement.

— Le 28... Le 28 décembre..., dit-il enfin.

— Asseyez-vous. Ce sera peut-être long.

Par la fenêtre, il voyait une longue file de gens qui attendaient devant le tribunal des enfants.

Trois employés se mirent à la besogne et M. Émile les aida, feuilletant les fiches d'hôtel, prononçant des noms à mi-voix.

— Ils avaient de l'argent ?

— Très peu.

— Tant mieux. Cela simplifie !

C'était la seconde fois qu'on en parlait, et M. Grandvalet en avait mal au bout des doigts. Son regard fuyait d'un objet à l'autre. Il entendait les moindres bruits, les chuchotements dans les pièces voisines où continuaient à s'amonceler les dossiers.

— Rien dans les cinq premiers arrondissements.

— Prends le neuvième. C'est là qu'on a le plus de chances.

Et sa femme qui lui avait écrit de demander conseil à un prêtre !

Il était mal assis. Le poêle trop proche lui mettait

le sang à la tête. Il entendit Lucas qui demandait dans un souffle :

— Il ne fera pas de pétard, au moins ?

Pour toute réponse, il y eut un éclat de rire de M. Émile.

Il était midi. Des employés s'en allèrent. Les gens stationnaient toujours devant le tribunal des enfants.

— Méchelin ? cria quelqu'un, d'une pièce voisine.
— Non ! Bachelin.
— Zut !

Il s'écoula encore près d'une demi-heure avant qu'un employé en blouse noire vînt montrer une fiche à l'inspecteur Lucas. M. Grandvalet faillit crier d'impatience. Et l'inspecteur lisait silencieusement la fiche de bout en bout !

— Votre fille s'appelle Juliette ?
— Juliette, oui !
— Dix-sept ans... Née à Nevers... Sans profession. Vous vous appelez Jérôme-Jean-Joseph... C'est cela ?

M. Émile, penché sur l'épaule de son collègue, lisait la fiche.

— Ils sont descendus le 29 décembre à l'hôtel Beausite, rue des Dames, dans le dix-huitième.

— Ils y sont toujours ? haleta M. Grandvalet, son chapeau à la main.

— Je ne le pense pas. Ils figurent sur les feuilles de la semaine suivante, mais... Guignolet, apporte-moi les feuilles du dix-huitième de cette semaine...

Il les consulta.

— Non ! Ils ne doivent plus y être.

— Nous irons voir, dit M. Émile en se coiffant et en serrant la main de l'inspecteur. Quant à Jus seaume, dis-lui donc que je file là-bas et que je reviens. On ne sait jamais!...

Le froid surprit M. Grandvalet qui se sentit malade une fois sur le trottoir.

— Du courage, grommela son compagnon qui se méprit. Du moment que nous avons un bout de la piste, c'est bien le diable si nous ne mettons pas la main sur les enfants. Hep! Taxi... Vous vous arrêterez au coin de la rue des Dames et de la rue des Batignolles...

Il l'arrêta avant, sous prétexte d'acheter du tabac, en réalité pour boire un apéritif au comptoir. M. Grandvalet aurait bien voulu se débarrasser de lui et il en cherchait le moyen.

— Il vaudrait peut-être mieux y aller cet après-midi, proposa-t-il.

— Pourquoi? J'ai l'habitude de manger à des heures irrégulières.

— Si nous donnons l'éveil...

— Croyez-vous qu'ils prennent des précautions? La preuve du contraire, c'est qu'ils se sont inscrits sous leur vrai nom. Ils ne doutent de rien. Ils ne pensent qu'à s'aimer, voilà tout, et...

Il frappa la vitre du taxi qui allait continuer sa route.

— Donnez huit francs cinquante!

M. Grandvalet aperçut le premier l'enseigne de l'hôtel meublé, au-dessus d'une porte étroite. Il laissa passer son compagnon qui, comme chez lui, le chapeau sur la tête, pénétra dans le bureau.

— M. Bachelin est ici? demanda-t-il à la grosse femme qui jaillit de la cuisine où quatre ou cinq personnes étaient à table.

— Il n'est plus à l'hôtel.
— Sa femme non plus ? Ils n'ont pas laissé d'adresse ?
— Ils auraient été bien en peine de le faire. C'est moi qui les ai mis dehors, vu qu'ils me devaient déjà une semaine.
— Il y a combien de temps de cela ?
— Quatre jours, je crois. Oui, c'était dimanche matin. Toutes les chambres étaient louées et quelqu'un me demandait une chambre au mois.
— Je vous remercie.

M. Émile poussa son compagnon dehors et, dans la rue, se frotta les mains.

— Tout va bien ! Je vous demande quarante-huit heures, trois jours au maximum pour mettre la main sur nos oiseaux. Vous rentrez à votre hôtel ? J'irai ce soir vous serrer la main.

Il quitta M. Grandvalet boulevard des Batignolles et sauta dans un autobus. Le caissier, qui n'avait rien mangé depuis le matin, était mal d'aplomb, mais, au lieu de regagner son hôtel ou de pénétrer dans un restaurant, il revint rue des Dames, tête basse, le regard oblique. Avant d'entrer, il chercha un billet de cinquante francs, qu'il tint dans le creux de la main.

— C'est pour une chambre ? s'informa l'hôtelière, qui ne le reconnut même pas.
— Non... Je voudrais...

Honteux, maladroit, il posa le billet sur la table.

— Je voudrais que vous me disiez certaines choses, au sujet d'Émile Bachelin et de...
— Ah ! oui. C'est vous qui étiez tout à l'heure avec le monsieur. Qu'est-ce que vous voulez savoir ?

La porte de la cuisine était ouverte et les gens qui mangeaient toujours écoutaient.

— Vous ne pourriez pas me montrer leur chambre ?

La femme chercha la clef au tableau.

— Du moment que le locataire n'est pas là...

Il fallut monter péniblement les quatre étages. Des brosses et des seaux traînaient sur les paliers, ainsi que des draps sales.

— Je parie que vous vous intéressez à la demoiselle, soupira, en arrivant au quatrième, la propriétaire essoufflée. Cela m'a fait de la peine pour elle. Elle était bien mignonne. Mais on ne fait pas toujours ce qu'on veut.

Elle ouvrit la porte de la chambre. Il y avait des vêtements d'homme sur le lit, des objets de toilette sur la table, un rasoir, un savon à barbe.

— Vous voyez : ce n'est pas grand, mais c'est propre. Si vous avez lu l'écriteau, en bas, vous devez savoir qu'il est défendu de cuisiner et de laver le linge dans les chambres. Que les locataires mangent des choses froides, nous ne pouvons rien dire, bien que ça salisse aussi. Mais déjà le troisième jour, ils sont venus avec une lampe à alcool...

Elle désigna une tache brune sur le tapis de la table.

— C'est eux qui l'ont brûlé. La demoiselle, qui n'avait même pas de linge de rechange, lavait le sien dans la toilette. Vous voulez encore savoir quelque chose ?

M. Grandvalet balbutia à tout hasard :

— Ils n'avaient pas d'argent ? Le jeune homme ne travaillait pas ?

— Je suppose qu'il bricolait, mais il ne partait pas à des heures régulières. Il n'était pas très causant.

— Ils sortaient ensemble ?

— Rarement. Le matin, la demoiselle allait faire son marché. Je lui avais indiqué les magasins pas trop chers...

— Et l'après-midi ?

— Ma foi, il lui arrivait de s'endormir. Souvent, quand on venait pour faire la chambre, on la trouvait sur son lit, tout habillée. Quelquefois, le soir, ils allaient faire un tour bras dessus, bras dessous.

— Avaient-ils l'air de... de bien s'entendre ?

— Vous savez, moi, j'ai cinquante locataires ! Vous pouvez entendre les gens du 24 qui sont en train de se disputer. Il y a tant de bruits qu'on finit par ne plus y faire attention. Une fois, en tout cas, elle a pleuré, car quand elle est descendue, elle avait les yeux rouges, même que je lui ai demandé si elle était enrhumée. Maintenant, il faut que je descende. Le locataire pourrait rentrer.

M. Grandvalet se raccrochait à la chambre, dont il dévorait les moindres détails. On marchait dans la pièce du dessus. Comme l'hôtelière l'avait remarqué, il y avait des éclats de voix dans la chambre voisine.

— Est-ce qu'elle avait un bon manteau ?

— Un vert, oui, pas très beau, mais qui était quand même assez épais.

— Il...

Non ! Il ne voulait plus poser de questions. Cela devenait trop terrible. La femme referma la porte à clef et descendit derrière lui, pesamment.

— Quand vous êtes arrivé, je me suis trompée.

Maintenant, je comprends que vous êtes de sa famille.

Il ne dit rien. Il n'avait même pas entendu.

— A cet âge-là, vous savez, cela n'a guère d'importance. J'en ai vu tant et tant, rien qu'ici, et je peux vous dire une bonne chose : c'est que ça s'est toujours arrangé !

Il chercha machinalement un autre billet dans sa poche, n'en trouva pas à temps. Il était devant la porte à vitre dépolie du corridor, qu'il poussa en balbutiant :

— Merci...

Il n'avait pas le plan de Paris en tête. Il ignorait où il était, mais il se sentait très loin de l'hôtel du Centre où, dans la salle à manger qui sentait la cire d'abeilles et les poires d'hiver, son couvert était mis, près de la grotte artificielle, avec sa serviette dans un rond de buis, son pot de crème sur une assiette, les noix, les figues, les amandes, l'orange aigre qu'il ne mangeait jamais, la femme en deuil qui avait pleuré et qui, elle aussi, avait les yeux rouges.

Aussi faible qu'un convalescent, il s'assit sur un banc du boulevard des Batignolles et resta là à regarder avec effroi les gens qui couraient pour s'engouffrer dans le métro.

V

— Tu vois que je ne m'étais pas trompée !

— C'est vrai, dit Philippe Grandvalet en se tournant vers son père. Hélène a raison. Il y a quelques jours, en rentrant elle m'a annoncé : « Je crois que je viens de rencontrer ta sœur, rue Caulaincourt. »

— Je me trompe rarement, ponctua Hélène, qui mettait la table.

C'était chez eux, rue Caulaincourt. M. Grandvalet venait, bribe par bribe, de tout raconter à son fils qui hochait sa grosse tête pâle tandis que sa femme, bien qu'elle fît la navette entre la salle à manger et la cuisine, ne perdait pas un mot.

— Quand j'ai dit à Philippe qu'elle était sans chapeau, il a juré que ce n'était pas sa sœur.

— Je la connais assez. A douze ans, il lui arrivait de passer une heure devant la glace, à chercher dix manières de s'arranger les cheveux. Maman avait toutes les peines du monde à la faire aller à l'école avec des nattes.

L'appartement était très propre. Hélène avait mis au lit, dans la pièce voisine dont la porte restait entrouverte, son dernier-né qui avait dix mois.

Quand à l'aîné, un garçon de trois ans, il était assis sur les genoux de son grand-père, qu'il observait curieusement.

— Vous dînez avec nous, n'est-ce pas, papa?

M. Grandvalet avait une confuse sensation de gêne chaque fois que sa belle-fille l'appelait ainsi. Il ne l'avait pas assez connue. Philippe l'avait rencontrée à Paris et elle n'avait fait à Nevers que des séjours de quelques heures.

Elle était gentille, un peu molle peut-être, et M. Grandvalet se disait que c'était à cause d'elle que Philippe devenait si gras et si indifférent. C'était un grand garçon à longue tête pâle, aux lignes indécises.

— Juliette était seule? demanda M. Grandvalet.

— Oui. Elle sortait du bazar qui fait le coin de la place Constantin-Pecqueur. Elle portait un manteau verdâtre qui ne lui allait pas et je crois qu'elle était en pantoufles. Moi, je me trouvais dans l'autobus et je n'ai pas pu m'arrêter.

On se mit à table. Le gamin exigea d'être à côté de son grand-père. Hélène se levait de temps en temps pour faire le service.

— Ainsi, tu as donné ta démission à la banque, prononça Philippe en servant la soupe à son fils.

— J'aurais quand même pris ma retraite l'an prochain.

— Cela te fait combien de différence sur ta pension?

M. Grandvalet rougit légèrement, mangea sa soupe.

— Peu de chose. Quelques francs par mois.

Ce n'était pas la même cuisine que chez lui, ni le

même éclairage. L'odeur de l'appartement était différente.

— Tu crois que Juliette abandonnera ce voyou ?

La voix de Philippe était parfaitement calme. Tout au plus aurait-on pu y déceler une pointe de satisfaction tandis qu'il continuait :

— J'ai toujours pensé qu'elle vous donnerait du fil à retordre. Mais toi, tu la défendais et c'était encore moi qui étais puni à sa place. Tu te souviens du placard ?

M. Grandvalet pencha la tête, peut-être pour cacher son attendrissement, et Philippe raconta à sa femme :

— Ma sœur devait avoir sept ou huit ans. Elle avait fait quelque chose de mal, je ne sais plus quoi...

— Elle avait dessiné, à l'encre, sur la tapisserie de la salle à manger, précisa l'ancien caissier.

— C'est cela ! Maman lui dit que si elle recommence elle sera enfermée dans le placard. Nous n'habitions pas encore rue Creuse, mais avenue de la Gare. Au fond du salon, il y avait un vaste placard.

Un léger sourire naissait sur les lèvres de M. Grandvalet. L'enfant, à côté de lui, écoutait passionnément.

— Le soir, on cherche en vain Juliette pour dîner. On l'appelle. On s'affole et, après une demi-heure de recherches, on la trouve installée dans le placard, avec ses jeux autour d'elle. Quant à la tapisserie de la salle à manger, elle était barbouillée de bout en bout !

Hélène regarda son mari, puis son fils, pour faire comprendre à Philippe que le gamin écoutait. On mangea en silence.

— Et l'histoire de l'aiguille ! reprit Philippe malgré lui.

— Tu te souviens de tout cela, toi ? s'étonna le père.

— Juliette jouait avec une aiguille. Tout à coup, on la voit qui semble s'étrangler et qui tousse éperdument. On lui demande si elle a avalé l'aiguille, on cherche en vain celle-ci autour d'elle. Juliette ne répondait toujours pas. On téléphone au docteur. On transporte, à dix heures du soir, ma sœur dans une clinique pour la radiographier. Elle ne disait pas un mot. Elle regardait avec intérêt toute cette agitation qui l'entourait. Ma mère pleurait. Papa en avait des palpitations telles que le docteur dut le faire étendre par terre. Or, Juliette n'avait pas avalé l'aiguille et elle le savait.

— Comment peut-on faire des choses pareilles ? s'indigna Hélène. Quel âge ta sœur avait-elle ?

— Dix ans ? Neuf ans ? Et quand elle me disait : « Si tu ne fais pas ceci ou cela, je te ferai punir... »

Il dut se taire car sa femme, désignant le bambin, roulait de grands yeux.

Une heure plus tard, le gamin était couché et Philippe bâillait, cependant qu'Hélène ravaudait des chaussettes d'enfant. Jusqu'au bout, M. Grandvalet espérait quelque chose, sans savoir au juste quoi, un élan, un réconfort, un moment d'intimité, de chaleur.

On ne l'avait pas mal reçu. On avait débouché une bouteille de bon vin et Hélène avait voulu descendre acheter de l'alcool.

Il s'en allait néanmoins plus triste qu'il était venu. Ce fut presque un soulagement de se retrouver dans les rues et de descendre à pied vers les boulevards de Montmartre.

La foule ne lui faisait plus peur. Il recherchait au contraire les endroits les plus encombrés, les carrefours bruyants où l'on se faufile entre les taxis et les autobus, les rues vibrantes d'enseignes lumineuses.

A plusieurs reprises, il avait évité de rentrer à l'hôtel du Centre pour prendre ses repas et la propriétaire le regardait avec une surprise mêlée de tristesse.

« Le directeur m'a priée de passer à la banque pour me dire qu'il regrettait ta décision, lui écrivait Mme Grandvalet. Mais il s'incline devant les motifs que tu lui a donnés dans ta lettre. Il m'a remis une enveloppe qui contenait tes appointements d'une année. Écris-moi si je dois t'envoyer le tout ou verser une partie à notre compte. Il fait toujours très froid. Le voisin qui louchait est mort avant-hier. J'ai hâte que tu reviennes... »

Il eut un sommeil agité, cette nuit-là, parce que M. Émile lui avait téléphoné pour l'avertir que, le lendemain, il y aurait sans doute du nouveau.

— Attendez-moi à l'hôtel toute la matinée, avait-il ajouté.

— Mais je dois aller à la police.

— Laissez donc la police tranquille !

C'était devenu une habitude. Tous les matins, M. Grandvalet suivait les quais à pied, traversait l'île Saint-Louis et pénétrait dans la cour de la Police Judiciaire. La première fois qu'il avait frappé à la porte de l'inspecteur Lucas, au rez-de-chaussée, il avait acheté deux cigares dans un bureau de tabac.

— Je me permets de venir voir, en passant, s'il n'y a rien de nouveau sur vos fiches. Vous fumez ?

Il avait tendu un cigare à l'inspecteur, l'autre à l'employé le plus proche. On avait consulté hâtivement les fiches du jour.

— Rien encore. Peut-être ne sont-ils pas descendus à l'hôtel.

Il était revenu le lendemain et il s'était cru obligé d'apporter deux cigares encore. Maintenant, c'était déjà un rite. On connaissait son heure, sa façon de frapper à la porte. On savait aussi qu'il aimait voir, de ses propres yeux, compulser les fiches. Quand l'inspecteur Lucas s'absentait, il disait à son collègue.

— Tu mettras mon cigare dans le tiroir.

Quant à M. Émile, il était resté une semaine entière sans donner de nouvelles et voilà qu'il arrivait, à neuf heures du matin, frais et jovial.

— J'ai retrouvé la piste ! annonça-t-il à voix haute en pénétrant dans la salle à manger.

M. Grandvalet lui fit signe de se taire. La dame en deuil était là et son fils était mort la veille à la clinique. Tout le monde parlait bas, marchait à pas feutrés.

— Alors, mettez votre pardessus. Nous avons du travail.

— Où sont-ils ? questionna le caissier une fois dans un taxi.

— Où ils sont maintenant, je n'en sais rien. Mais je peux vous dire où ils étaient il y a trois jours. J'ai tenu à ce que vous soyez présent quand j'interrogerai ces gens.

Ainsi, trois jours auparavant, Juliette était à Paris,

peut-être dans un quartier où son père était passé, et ils auraient pu se rencontrer !

— C'est à Montmartre, n'est-ce pas ?

— Comment le savez-vous ?

— Ma belle-fille, qui habite le dix-huitième, l'a rencontrée rue Caulaincourt, mais n'a pas cru que c'était elle.

Le taxi grimpa la rue Lepic jusqu'au sommet, traversa la place du Tertre et s'arrêta derrière le Sacré-Cœur. A cette heure, les rues, blanches de froid, étaient vides. La devanture d'une charcuterie se couvrait de grandes fleurs de givre et plus loin, à un étal, des paniers de légumes étaient gelés.

— Attendez-nous ici, dit le détective au chauffeur. Vous avez le temps de boire un coup au bistro.

Il entraîna son compagnon dans une cour qui ne rappelait ni Paris, ni la province, ni la campagne. Peut-être, jadis, cela avait-il été une cour de ferme, au temps où Montmartre était un village. Les bâtiments irréguliers qui l'entouraient avaient été des étables, des écuries et des granges.

A présent, c'étaient des logements et des ateliers de peintres. On avait agrandi les trous dans les murs pour y ajouter des vitres. On avait planté, de-ci de-là, des tuyaux de poêle qui fumaient.

Les poubelles, qui n'étaient pas encore vidées, encombraient le porche, et il fallait frôler le mur pour les enjamber.

— Tout au fond, dit M. Émile à son compagnon qui marchait le premier.

Là, le bâtiment, sans raison apparente, avait un étage. On y accédait par un escalier sans rampe qui avait été ajouté après coup. Des rideaux jaunes empêchaient de voir dans la pièce et un moment on put croire qu'il n'y avait personne, car on ne répondit pas aux premiers coups frappés à la porte.

— Vous êtes sûr que c'est ici ? demanda M. Grandvalet à voix haute.

— Certain. Frappez encore.

Une voix de femme demanda enfin de l'intérieur :

— Qu'est-ce que c'est ?

Le rideau jaune remua derrière la porte vitrée et on aperçut un doigt qui le tirait, on devina un œil.

— Nous voudrions un renseignement, madame.

— Qui demandez-vous ?

— Mme Leroy.

La clef tourna dans la serrure et la porte s'ouvrit. On reçut au visage une bouffée de chaleur, car il y avait un gros poêle au milieu de la pièce où régnait une étrange odeur de vernis.

— Entrez. Ne faites pas attention au désordre.

— Il ne fait pas froid, chez vous, lança familièrement M. Émile qui, comme d'habitude, gardait son chapeau sur la tête et inspectait les lieux.

M. Grandvalet, lui, s'inclinait cérémonieusement devant la jeune femme qui ne savait comment les recevoir et qui essayait de cacher de son tablier une grossesse avancée.

— Asseyez-vous, dit-elle en débarrassant deux chaises des abat-jour de parchemin qui les encombraient.

Il y avait des abat-jour partout, sur le divan, sur le plancher ; d'autres, ornés de fleurs peintes, séchaient près du poêle.

— Vous m'excuserez. J'étais en plein travail...

— C'est vous qui faites ces jolies choses ? s'extasia

M. Émile désinvolte. On en voit un peu partout, à présent. C'est la mode. Je suppose que cela doit bien se vendre.

Elle ne répondit pas. Elle s'assurait du regard que rien ne traînait dans la pièce, et elle repoussa une cuvette qui dépassait d'un paravent.

— Vous excuserez notre visite quand vous saurez que monsieur qui m'accompagne est le père de votre amie.

Elle avait déjà compris que M. Grandvalet n'avait rien de commun avec le policier qui se décidait seulement, parce qu'il avait trop chaud, à retirer son chapeau.

M. Grandvalet, de son côté, retrouvait chez son interlocutrice comme un air de famille. Elle aurait pu être sa nièce, ou une cousine, ou une amie de sa femme. Elle avait la même façon de s'affoler par crainte de mal recevoir les visiteurs. Elle se regardait furtivement dans un miroir pour s'assurer qu'elle était correcte. Et elle esquissait le même sourire poli.

— Mon mari est justement sorti. Quand je travaille, il y a fatalement du désordre, car c'est un travail salissant...

Elle observait toujours M. Grandvalet à la dérobée. On la sentait émue, anxieuse des réponses qu'elle allait faire.

— Juliette et son compagnon ont vécu ici plusieurs jours, n'est-ce pas? affirma M. Émile en s'asseyant, non sur une chaise, mais au bord du divan.

Elle ne dit pas oui, fit un signe qui pouvait être affirmatif. M. Grandvalet s'était assis parce que, debout, il encombrait la pièce où les espaces libres étaient rares.

L'atmosphère était celle d'un atelier, mais on y vivait, on y dormait, on y mangeait. Sur une table, il y avait les restes du petit déjeuner et la cuvette indiquait qu'on faisait sa toilette derrière le paravent.

Le divan servait de lit. En se retournant, M. Grandvalet en aperçut un autre, près de la fenêtre, ou plutôt un sommier posé à même le plancher et recouvert d'un morceau de tapis.

— Ils dormaient là ? demanda-t-il.

La jeune femme fit encore oui de la tête, mais, surprenant l'angoisse de son visiteur, elle ajouta précipitamment :

— Le soir, nous installions le paravent en travers de l'atelier.

— Laissez-moi d'abord vous rassurer, dit M. Émile, en vous affirmant que M. Grandvalet ne fera rien contre sa fille. Au point où les choses en sont, d'ailleurs, il est un peu tard. Pouvez-vous nous dire où vous avez fait leur connaissance ?

Elle s'assit enfin. Elle était mal portante, peut-être à cause de sa grossesse.

— Moi, je ne sors plus depuis quelque temps, surtout par ce froid. C'est mon mari qui est rentré un soir avec Juliette et son ami.

Le détective adressa à son compagnon un signe qui voulait dire :

— C'est bien cela ! Laissez-moi faire !

Et, tout haut :

— Ils étaient à la côte, naturellement ? Je veux dire qu'ils n'avaient plus d'argent.

— Ils n'étaient pas riches.

— On venait de les mettre à la porte de leur hôtel.

Votre mari les a ramenés et leur a offert de coucher ici.

Elle ne le regardait pas, préférant se tourner vers M. Grandvalet. Mais le policier était décidé à faire étalage de ses qualités.

— Si je ne me trompe, votre mari est un ancien officier et il a laissé une jambe à la guerre.

— Comment le savez-vous ?

— Je sais même qu'il pose de petites affiches de publicité dans les cafés, surtout dans les cafés de Montmartre, car il circule difficilement. Ce métier le force à boire...

Elle rougit et fixa les rideaux jaunes de la fenêtre.

— Ce n'est pas un déshonneur ! D'autant moins qu'il est la bonté même. Il a rencontré quelque part Bachelin et Juliette et il n'a pas hésité à les ramener ici. Dites-moi, maintenant : Bachelin a-t-il trouvé du travail ?

— Il aidait mon mari. Juliette s'est mise à peindre les abat-jour et, après une semaine, elle allait plus vite que moi. Pour gagner sa vie il faut en faire une vingtaine dans la journée.

M. Grandvalet n'avait pas l'air d'écouter. Il regardait. Il n'y avait pas un coin de la pièce qui lui échappât, et soudain il aperçut, dans une pile d'autres, un abat-jour dont le motif décoratif principal consistait en notes de musique.

— C'est de Juliette ! dit-il en se levant.

— Oui. Elle avait de la peine à réussir les fleurs. Il faut un tour de main spécial. Alors, elle inventait des motifs.

M. Grandvalet n'osait pas toucher l'objet, mais il

le caressait du regard tandis que son compagnon poursuivait :

— Depuis combien de jours exactement sont-ils partis ?

— Il y a quatre jours. C'était lundi.

— A ce moment, Bachelin travaillait-il encore avec votre mari ?

Elle hésita.

— Je crois qu'il faisait autre chose.

— Vous ne savez pas quoi ?

— Non. Je ne sais pas...

— Il avait de l'argent ?

— Le dernier soir, il en avait. J'ignore combien. Plusieurs billets de cent francs...

M. Émile triomphait tandis qu'au contraire le caissier feignait de s'intéresser à une statuette en plâtre.

— Il y a eu une dispute entre vous ?

Elle ne savait plus ce qu'elle devait dire et elle regardait M. Grandvalet d'un air presque suppliant.

— Que voulez-vous que je vous réponde ? Vous savez que Bachelin est assez nerveux. Plus nerveux encore que mon mari qui n'est ainsi qu'à cause de sa jambe ! Il a toujours l'impression qu'on lui en veut, qu'on se moque de lui, qu'on le méprise. Mais il a un bon fond. Il devient tout tremblant s'il croit que Juliette est triste, ou seulement rêveuse. Je l'ai vu pleurer parce que, la veille, il avait bu un verre de trop et que Juliette, en se couchant, avait refusé de l'embrasser.

Elle cherchait un encouragement sur le visage de M. Grandvalet qui détournait la tête, sans pouvoir cacher ses oreilles cramoisies.

— Deux hommes aussi nerveux doivent fatalement avoir des disputes !

Elle se leva pour recharger le poêle et oublia le geste par lequel elle cachait sa grossesse.

— Il est intelligent. Il trouvera sûrement une place.

— Quel a été l'objet de la dispute ? insista M. Émile qui ne perdait pas le fil de ses idées.

— Je ne sais plus. C'est venu bêtement, comme toujours. J'avais reçu une lettre de ma mère...

— Elle habite la province ?

— Elle habite Nancy. Elle est veuve...

M. Grandvalet imaginait très bien la maman, pareille à Mme Grandvalet, vivant d'une petite rente dans un appartement de Nancy. Il aurait juré qu'elle ignorait que sa fille devait peindre des abat-jour.

— Qu'est-il arrivé quand vous avez reçu cette lettre ?

— Je l'ai lue à voix haute. Juliette est allée s'asseoir sur le divan. Bachelin n'a pas tardé à la rejoindre et ils ont chuchoté longtemps. C'est alors qu'il s'est levé, furieux, avec son mauvais regard, ses prunelles toutes petites. J'ai bien compris que Juliette pleurait : lui nous faisait des reproches, nous accusait d'essayer de la détacher de lui, de lui donner de mauvais conseils, de lui parler de sa famille...

M. Grandvalet ne bougea pas. La jeune femme se tut, inquiète, se demandant si elle n'avait pas eu le tort de tant parler.

— Il l'a emmenée, conclut-elle enfin.

— Elle pleurait souvent ? demanda M. Émile.

— Jamais. C'est la seule fois.

— Elle ne vous faisait pas de confidences ?

— Elle n'était pas bavarde. Nous restions parfois des heures sans rien dire.

— Avait-elle l'air de regretter ce qu'elle avait fait ?

Elle réfléchit, le visage grave et, la voix grave aussi, elle affirma :

— Je ne crois pas. Juliette n'est pas une femme à regretter quelque chose. Ou alors, elle est trop fière pour le laisser deviner.

— C'est elle qui faisait le marché, je parie! murmura enfin M. Grandvalet en regardant dans la cour.

— Souvent. Elle ne voulait pas que je sorte dans l'état où je suis.

Elle avait rougi si violemment que le détective, une fois de plus, grommela d'une voix bonasse :

— Qui est-ce qui payait ?

— On partageait les frais.

— Vous n'avez pas le crédit dans les boutiques du quartier ?

Cette fois, la jeune femme faillit pleurer, mais M. Émile n'était pas disposé à s'arrêter en chemin.

— Donc, vous aviez le crédit. Chez qui ?

— Chez le boucher et le charcutier.

— Quand Bachelin est parti, a-t-il réglé ses notes ?

M. Grandvalet, qui fixait la fonte rougie du poêle, perçut un vague :

— Je ne sais pas...

— Vous le savez bien. Il n'a pas payé. Je suis sûr que votre mari est furieux.

— Ils n'y ont pas pensé... soupira-t-elle.

— Et vous ignorez où ils sont ? Vous n'avez aucune idée de l'endroit où Bachelin fréquente ?

— Tout ce que je sais, c'est qu'il avait des rendez-vous dans une brasserie, place de la République. Excusez-moi. Je n'ai pas pensé à vous offrir quelque chose...

Sans tenir compte des protestations, elle déboucha un litre de vin rouge, essuya deux verres épais.

— Je voudrais que Juliette soit heureuse, dit-elle. Elle le mérite. Je pense qu'il le mérite aussi.

Les yeux mi-clos, M. Grandvalet évoquait le paravent dressé pour la nuit et les deux couples, de part et d'autre, chuchotant dans l'obscurité cependant que le poêle continuait à ronronner.

Il trempa ses lèvres dans le vin rouge, par politesse, mais le vin était si rêche qu'il ne put en avaler une gorgée. M. Émile, lui, avait vidé son verre d'un trait et s'était levé.

— C'est pour bientôt? demanda-t-il avec un regard à la taille de la jeune femme.

— Au début du mois prochain. J'étais si contente d'avoir une amie près de moi !...

— Vous n'avez pas averti votre maman?

Elle ne répondit pas. M. Grandvalet savait que c'était non. Il comprenait. Il avait hâte d'être dehors. Il aurait bien voulu aussi laisser un cadeau, mais il n'osait pas.

— Me permettez-vous de revenir vous voir? balbutia-t-il.

— Je suis ici toute la journée.

Ils descendirent l'escalier de pierre en recommandant à la jeune femme de ne pas rester sur le seuil d'où elle les regardait partir. M. Émile était enchanté.

— Vous allez voir! annonça-t-il en se dirigeant

vers un bistro qui faisait l'angle d'une ruelle, juste en face de la cour.

Le chauffeur de taxi y était, accoudé au comptoir, devant un verre de vin chaud.

— Deux pernods, commanda le policier en donnant un coup de coude à son compagnon qui faisait mine de protester.

La salle était longue et étroite, d'une marche en contrebas du trottoir. Des nappes en papier étaient étalées sur les tables et il y avait une demi-bouteille de vin rouge devant chaque couvert. Le menu était écrit sur une ardoise accrochée au mur.

— Vous n'avez pas revu Bachelin? prononça soudain M. Émile en se tournant vers le patron qui les servait.

— Quel Bachelin? Ah! oui, vous voulez parler du jeune homme qui a habité un moment en face.

Il se tut de telle façon qu'on devinait qu'il en avait gros sur le cœur.

— Il vous a eu aussi?

Le patron hésitait encore, observait ses deux clients, se rassurait un peu devant l'aspect de M. Grandvalet qui n'appartenait pas à la police.

— Vous y êtes pour beaucoup?

— Dans les deux cents francs. Il vous a refait, vous aussi?

— Et d'autres! Deux cents francs de consommations?

— Les consommations, c'est à part. Peut-être soixante ou soixante-dix francs.

M. Grandvalet regrettait de s'être laissé entraîner dans ce bistro. Par contenance, il but une gorgée de pernod, tandis que le chauffeur dressait l'oreille.

Quant à M. Émile, il lançait au patron une œillade, désignait son compagnon comme pour lui faire comprendre quelque chose.

— Une petite crapule, hein ?

— On ne peut pas dire. Il n'est pas bête. Je dirais même qu'il a du cœur. Ça se sent surtout quand il est saoul et qu'il parle. Mais il a cette petite dans la peau et il ferait n'importe quoi pour l'épater. Avec ça, il est ficelle comme pas un ! Il a eu tout le monde ! Il aura tout ce qu'il voudra ! Quand il dînait ici, le soir, ce qui lui est arrivé deux ou trois fois, tous les clients l'écoutaient, et pourtant j'ai des gens bien, des chansonniers, des artistes...

— Les deux cents francs ?...

Le bistro eut l'impression qu'il allait faire une gaffe. Un instant, il observa M. Grandvalet en hésitant, puis haussa les épaules.

— C'était bien trouvé. Il est venu me raconter qu'il avait reçu un télégramme de son beau-père, annonçant que celui-ci venait les voir à Paris. Il ne voulait pas avoir l'air miteux. Comme le vieux n'était là que pour quelques heures, il s'en tirerait avec deux cents francs, de quoi dîner dans un bon restaurant et prendre une chambre pour un jour dans un hôtel propre.

M. Émile donna un joyeux coup de poing sur la table. Le chauffeur, qui avait deviné l'identité de M. Grandvalet, se détourna pour pouffer.

— Partons..., murmura le caissier.

— Prenez un verre aussi, patron ! Il faut avouer que c'était bien imaginé. Cela ne m'étonnerait pas qu'il revienne avec une autre histoire encore plus belle...

On entendit des pas étranges sur le trottoir. Le patron mit un doigt sur ses lèvres.

— Parlez plus de ça !

L'étrangeté du pas venait de ce que le nouvel arrivant, qui poussait la porte, avait une jambe artificielle. C'était un homme d'une quarantaine d'années, assez bien vêtu, dont le revers s'ornait de la Légion d'honneur. Il avait un visage mince, aux traits burinés comme un portrait en pointe sèche, aux rides fines et mobiles.

Sans prendre garde aux clients, il s'accouda au comptoir.

— Un pernod, Léon !

Quand il l'eut servi, Léon ouvrit un carnet, chercha une page déjà couverte de chiffres et en ajouta un.

— Partons... répéta M. Grandvalet.

C'était assez pour ce jour-là. Il se sentait malade. La seule gorgée de pernod lui tournait sur le cœur. Il paya, oublia le verre du chauffeur et dut revenir sur ses pas.

L'invalide, déjà à moitié ivre, le regardait vaguement.

— Nous aurions dû déjeuner là, dit M. Émile, une fois dans le taxi. Je suis sûr que nous n'aurions pas manqué d'apprendre des tas de choses. Passons-nous à la Police Judiciaire ?

— Pas aujourd'hui.

— Vous verrez ! Il ne s'écoulera plus beaucoup de temps avant que je retrouve notre oiseau. Cette histoire de la place de la République me dit quelque chose. Chauffeur ! Vous me déposerez à la Trinité.

M. Grandvalet, la veille, avait promis qu'il irait

déjeuner chez son fils, mais il n'en avait pas le courage. Il resta seul dans le taxi.

— A l'hôtel du Centre...

En passant place de la République, il regarda les brasseries aux devantures rutilantes et eut un pincement d'angoisse.

Il n'habitait qu'à cinq minutes de là. Juliette faisait peut-être son marché dans le même quartier. Et, puisque sa belle-fille l'avait rencontrée à Montmartre, pourquoi ne la rencontrerait-il pas à son tour?

— Vingt-deux francs cinquante.

Il pensa en payant qu'il était temps de se faire envoyer de l'argent par sa femme. Il y avait justement une lettre d'elle au bureau de l'hôtel.

« ... J'ai dû me coucher hier, à cause d'une faiblesse dans les jambes, et j'ai failli ne pas arriver en haut de l'escalier. Heureusement que Mme Jamar est venue me voir. Comme son mari est toujours à Marseille, elle s'est installée chez nous et elle couche dans le lit de Juliette. Elle me soigne bien, mais je voudrais quand même que tu reviennes, car il me semble que la maison, où il n'y a plus que moi, me tombe sur le dos... »

Il lut cette lettre à sa table, près des rochers artificiels de la salle à manger. Il y avait de nouveaux pensionnaires, trois jeunes gens d'Alger qui étaient recommandés par l'évêché et qui portaient à la boutonnière l'insigne d'un patronage.

La dame en deuil ne déjeuna pas. M. Grandvalet se laissa servir sans regarder le menu. Il n'aimait pas Mme Jamar, qui était obèse et qui se plaignait toujours de son mari parce que, lorsqu'il revenait de ses voyages d'affaires, il ne lui rapportait pas de cadeaux.

— Ce ne serait qu'un petit souvenir de vingt sous !...

Sans transition, il pensait à l'aiguille que Juliette n'avait pas avalée. C'était lui qui, dans ses bras, l'avait portée à la clinique, en pleine nuit. Le docteur voulait attendre le lendemain pour faire la radiographie. Et lui croyait que sa fille était évanouie alors que, simplement, elle dormait à poings fermés !

Philippe n'avait rien oublié de tout cela ! Pas même l'histoire du placard !

Il en parlait froidement, posément, à sa femme qui, en somme, n'était même pas de la famille.

Il avait eu tort d'aller, la veille au soir, chez Philippe.

VI

C'était le 13 février. Sur l'écran, on voyait débarquer au Havre, d'un énorme paquebot, un homme d'État américain dont l'image était aussitôt effacée par une course d'automobiles en Italie.

Juliette avait reculé sa chaise vers le fond de la loge. Ainsi pouvait-elle observer, moitié dans l'ombre, moitié se découpant sur l'écran, le profil de Bachelin.

— Pourquoi me regardes-tu ainsi? demanda-t-il sans se retourner.

— Pour rien. Je ne te regarde pas.

Ce n'était pas tant un signe de tendresse. Juliette avait l'habitude, depuis sa plus tendre enfance, de laisser peser ainsi son regard sur les gens et sur les choses, indifféremment. Son visage devenait plus grave, paraissait plus pâle — son frère, jadis, prétendait qu'elle avait l'air sournois!

La salle du cinéma « Saint-Paul », rue Saint-Antoine, était bondée. Les loges se trouvaient au premier et Bachelin, un bras sur le rebord de velours rouge, semblait défier la foule rangée dans les fauteuils du bas.

Le cinéma, la musique, l'affluence surtout, lui faisaient un effet extraordinaire et c'est sans doute à cela que pensait Juliette en le regardant. Dès le premier contact, il avait les joues plus roses, la démarche plus assurée. Et maintenant quand, par exemple, il contemplait le paquebot aux mille cabines, son regard devenait dur, aigu, tous ses traits s'affinaient, comme tendus par la volonté, ses lèvres s'amincissaient en un sourire presque cruel.

— Occupe-toi de l'écran ! reprit-il avec une pointe d'impatience.

Sur la toile se jouait un sketch comique et parfois le murmure d'un rire inachevé montait de la salle. C'était un samedi. Derrière les loges, sur les gradins, s'étageait le public populaire et Juliette, en se retournant, contempla un moment dans la demi-obscurité les centaines de visages que sculptait un reflet de l'écran.

— Tu ne t'amuses pas?
— Mais si!

Il haussa les épaules, appuya son menton sur son avant-bras replié. C'était toujours la même chose. Elle ne s'intéressait à rien ! Elle ne s'amusait de rien ! Elle se contentait de regarder. Ou plutôt, elle ne s'intéressait aux choses qu'à sa manière, comme maintenant quand, au lieu de suivre le spectacle, elle scrutait le profil de Bachelin ou les faces des spectateurs.

Le sketch s'acheva et la foule se leva pour l'entracte, piétinant vers la sortie où l'on distribuait des contremarques roses.

— Tu viens boire quelque chose?
— Je n'ai pas soif.

— Tu restes ici ?

Elle restait toujours à sa place ! Elle n'avait pas encore compris que l'intérêt du spectacle résidait justement dans cette fièvre légère qui naît du contact avec la foule dans une atmosphère différente de celle de tous les jours.

— Je reviens tout de suite, annonça-t-il.

Il n'avait plus sa barbe et il portait un complet neuf. Il suivit les gens dans l'escalier, obliqua vers le comptoir où l'on servait de la bière et de la limonade. L'air sentait le tabac et la pelure d'orange. La porte à tambour s'ouvrait et se refermait sans cesse.

Bachelin n'en désirait pas davantage. Il resta là, tendu, près de son verre à moitié plein, à laisser glisser son regard sur les visages anonymes et à se donner confiance en lui. Le sketch qu'il venait de voir se passait dans les milieux sportifs où tous les jeunes gens avaient une auto.

— Combien vous dois-je ?

Autour de lui, c'étaient des petites gens qui se pressaient, des filles sans chapeau, des hommes en foulard, une mère qui portait son bébé sur les bras. Il voulut aller jusqu'à la porte pour avaler une gorgée d'air frais, mais il avait à peine poussé le battant matelassé qu'il reculait, les sourcils froncés.

Sous le porche tapissé d'affiches, il venait d'apercevoir une maigre et noire silhouette, un visage blanc aux yeux tristes.

C'était M. Grandvalet, qui attendait comme les autres la fin de l'entracte. Il était seul. Il ne fumait pas. Il restait debout dans un coin et Bachelin remarqua qu'il était en grand deuil.

— Qu'est-ce que tu as ? demanda Juliette quand il revint près d'elle.

Il était essoufflé, d'avoir monté l'escalier trop vite. Ses prunelles étaient d'une mobilité anormale. Les ailes du nez palpitaient.

— Je n'ai rien.

— On dirait que tu as vu quelque chose...

Elle se pencha pour voir la salle au-dessous d'elle et la sonnerie de l'entracte retentit tandis qu'un haut-parleur invisible émettait une sélection d'opéras. L'obscurité se fit. Bachelin murmura :

— Partons !

— Pourquoi veux-tu que nous partions ?

— Chut !... fit-on derrière eux.

— Je te demande de venir.

Debout, il endossa son pardessus, saisit sur la chaise le manteau de fourrure de Juliette. Car elle avait un manteau de petit-gris qu'ils avaient payé douze cents francs.

— Assis !... grondaient les gens des places bon marché.

Leurs pas résonnèrent dans l'escalier. Bientôt ils se trouvèrent sur le trottoir de la rue Saint-Antoine où les cafés seuls étaient encore ouverts.

D'un mouvement familier, Bachelin enfonça ses mains dans ses poches et Juliette, tout naturellement, accrocha son bras gauche à son bras. Ils marchaient toujours ainsi. Elle devait faire de petits pas rapides pour suivre son compagnon.

— Pourquoi n'as-tu pas voulu rester ?

— Un idée, comme ça ! Nous allons serrer la main de Van Lubbe.

Elle ne répondit pas immédiatement. Ils avaient

pris la rue de Turenne, longue, noire et déserte, qui devait les conduire à la République où, tous les soirs, on savait trouver le Belge à la *Brasserie Nouvelle*.

— Je suis fatiguée, soupira enfin Juliette.
— Tu n'étais pas fatiguée pour rester au cinéma.

Il avait son plus mauvais regard, anxieux, avec des étincelles de colère. Deux fois il se retourna.

— Tu as encore vu Van Lubbe aujourd'hui?
— Et après?
— Tu sais que je ne l'aime pas.
— Tu n'aimes rien de ce que j'aime!

Ils marchaient toujours, à pas inégaux, le long du trottoir, et leur ombre tantôt les suivait, tantôt les précédait selon qu'ils atteignaient ou dépassaient un bec de gaz.

Juliette se taisait et Bachelin ne détestait rien autant que ces silences plus réprobateurs que d'âpres récriminations.

— Que lui reproches-tu?
— Tout!
— Tu crois que c'est une réponse intelligente?

Il était trop tard pour s'arrêter. Ils en avaient tous deux l'expérience. Juliette se résignait d'avance à la scène. Bachelin se rongeait de rage.

— Tu tiens vraiment à aller dormir?

Ils habitaient à deux pas, rue du Pas-de-la-Mule.

— Non, puisque tu dois absolument voir Van Lubbe.

— Je n'ai pas dit que je devais le voir « absolument ».

Ils marchaient toujours. Leurs pas sonnaient dans la rue vide.

— Si tu avais la responsabilité du ménage, tu comprendrais.

Elle soupira. Elle connaissait toutes les phrases qu'il prononçait et qu'il allait prononcer encore.

— Pourquoi ne réponds-tu pas ?

— Tu ne me demandes rien.

— Sans Van Lubbe, nous crèverions encore de faim.

— Est-ce que j'ai prétendu le contraire ?

Les lumières de la place de la République burinèrent leurs traits. Bachelin, d'un geste de défi, poussa la porte de la brasserie, se tourna aussitôt vers le coin de Van Lubbe et ne vit que deux inconnus qui jouaient au jacquet.

— Garçon ! M. Van Lubbe n'est pas venu ?

— Il est venu, mais il est reparti voilà un quart d'heure.

Il regarda vivement Juliette qui ne souriait même pas.

— Je vous sers quelque chose ?

— Non.

Ils refirent la moitié du chemin en silence.

— J'avais mes raisons pour voir Van Lubbe, dit enfin Bachelin avec l'arrière-pensée d'en finir avec leur bouderie.

Elle ne broncha pas.

— Je te parle.

— J'entends.

— Alors, pourquoi ne dis-tu rien ?

— Je n'ai rien à dire.

Il était sûr d'être plus malheureux qu'elle. Et d'abord, il avait des tas de soucis qu'elle n'avait pas, dont elle ne se doutait même pas. Par exemple, il lui avait acheté un manteau de petit-gris et elle n'avait qu'à le porter, sans penser plus loin.

Il pensait, lui! Cela l'ennuyait que Van Lubbe n'ait pas été à la brasserie. Ce n'était peut-être qu'un hasard. Mais c'était peut-être aussi une catastrophe. Il aurait dû demander au garçon s'il était sorti seul, ou avec des inconnus.

— Est-ce que Van Lubbe t'a déjà fait la cour? demanda-t-il soudain.

— Jamais.

— Il n'a jamais rien dit, rien laissé entendre?

— Je crois qu'il n'y pense même pas.

C'était bien l'impression que donnait le Belge. Il devait avoir trente-cinq ans. Il était gras, toujours joyeux, la main tendue, le sourire aux lèvres. Il voulait voir les gens souriants autour de lui. Avec son accent flamand qui en accusait la drôlerie, il racontait des histoires, tutoyait les inconnus après cinq minutes, faisait, pour un oui ou pour un non, cadeau des objets qu'il avait dans sa poche.

— Tu as une idée de derrière la tête, insinua Bachelin que tourmentait cette scène de ménage inachevée.

— Même pas!

— Tu avoues que tu n'as rien contre lui? Or, par un simple caprice de femme, tu n'hésites pas à essayer de me brouiller avec lui! Tu sais très bien que c'est grâce à lui que notre situation s'est améliorée.

— A propos, l'interrompit-elle, est-ce que je dois toujours aller demain chez cette vieille femme?

Elle venait de toucher le point névralgique et elle le comprit au silence de son compagnon. Pendant plusieurs minutes, ils ne furent accompagnés que du bruit de leurs pas. Quand Bachelin ouvrit la bouche, ce fut pour dire d'un ton glacé :

— Tu n'as plus besoin d'y aller, non! Ni là, ni ailleurs.

Ils avaient atteint la rue du Pas-de-la-Mule. Ils sonnèrent à la porte d'un immeuble étroit, tout en hauteur, dont le rez-de-chaussée était occupé par un fruitier, puis, dans l'obscurité, ils gravirent trois étages.

— C'est toi qui as la clef.

Elle la prit dans son sac. Une bouffée de chaleur les accueillit dans le logement de trois pièces qui n'était pas encore entièrement meublé. Entre autres, les rideaux manquaient et on les avait remplacés par des papiers gris collés aux vitres.

Après avoir jeté son pardessus sur le lit, Bachelin se laissa tomber sur une chaise et se prit la tête à deux mains cependant que Juliette rechargeait la salamandre, pénétrait dans la cuisine, ouvrait le robinet qu'elle refermait ensuite.

Il y avait quelques meubles neufs et des vieux, qu'ils avaient achetés chez un brocanteur de la Bastille. Cela sentait encore le provisoire. Les choses n'avaient pas pris leur place définitive et, sur le papier uni des murs, ils s'étaient contentés d'épingler des dessins de magazines.

— Qu'est-ce que tu fais? cria Bachelin avec énervement, alors que Juliette s'agitait toujours.

— Rien !

C'était de quoi le mettre en rage, puisqu'elle faisait quelque chose !

— Écoute... Tu as parlé tout à l'heure de la vieille...

Elle resta dans la cuisine et il se tut.

— Eh! bien, j'écoute... murmura-t-elle.

— Je te parlerai quand tu seras devant moi.

Elle vint, docile, mince et nerveuse dans sa robe noire, les cheveux défaits, un fer à friser à la main.

— Tu veux me dire que je dois y aller quand même? J'irai.

— C'est pénible, n'est-ce pas? Et comme tu as raison de prendre un air de victime!

Il continua. Il ne pouvait plus s'arrêter. Il lui criait des phrases saccadées en cherchant ce qu'il y avait de plus méchant. Plus que jamais il se sentait malheureux.

C'est elle qui était injuste, elle qui ne comprenait pas, qui ne faisait rien pour l'aider! Ou plutôt, elle croyait avoir tout fait quand, pendant quelques minutes, elle l'avait entouré de petits soins et de tendresse.

— Tu crois que je ne comprends rien? Ce qui t'ennuie, c'est de t'abaisser en allant encaisser de l'argent chez cette femme. Car tu crois que cela te déshonore! Tu as été élevée ainsi. Tu...

Et pourtant ce n'était pas vrai. Il y avait autre chose, que ni l'un, ni l'autre n'avouait. Cela ne datait pas seulement de Van Lubbe. Quand ils avaient quitté la rue du Mont-Cenis, déjà, Juliette avait demandé :

— Tu as payé les commerçants?

Il avait dit que oui, pour en être quitte. Or, un jour qu'elle était sortie, il lui avait demandé au retour d'où elle venait.

— Je me suis promenée.

Elle était morne et son regard était moins tendre que d'habitude.

— De quel côté ?

— A Montmartre.

Quelque chose avait passé dans ses yeux et il avait compris. Il était sûr qu'elle était allée chez le boucher, chez le charcutier, peut-être même chez le bistro ! Mais il préféra n'en rien dire. Il n'y fit jamais allusion. Elle non plus.

Pour Van Lubbe, c'était la même chose. Il était homme d'affaires, sans spécialité définie.

— Je vends, pour son compte, des marchandises de toutes sortes, avait annoncé Bachelin à Juliette.

Il s'agissait d'appareils de T.S.F., de maroquinerie, de machines à écrire, de matériel électrique.

— Où est son magasin ?

— Tu crois que tout le commerce se fait dans les magasins ?

En réalité, il s'agissait de carambouille, Bachelin l'avait deviné dès le début. Les marchandises achetées à soixante ou quatre-vingt-dix jours n'étaient jamais payées et Van Lubbe les faisait livrer aux adresses les plus diverses.

La vieille dont il venait d'être question était une des clientes et Juliette était chargée d'encaisser chez elle, sur les indications du Belge.

— Il faut qu'on voie le moins possible les mêmes visages. Une jeune femme est plus difficile à décrire qu'un homme.

Elle était toujours debout devant Bachelier, son fer à friser à la main.

— C'est tout ce que tu voulais me dire ?

Il lui saisit le poignet, la força à s'approcher davantage.

— Tu me détestes ? gronda-t-il.

— Non.

Toujours cette façon de répondre par un mot, sans plus !

— Avoue que, si tu pouvais retourner chez toi...

Tous les deux, depuis la sortie du cinéma, auraient pu prédire exactement les phases successives de la dispute. Les mêmes mots, chaque fois, amenaient les mêmes gestes, les mêmes réactions. Ils étaient furieux, humiliés l'un comme l'autre de leur impuissance à échapper à cette fatalité.

Malgré cela, ils ne faisaient aucun effort. Ils étaient chez eux, près de la table que Juliette avait recouverte d'une cretonne à fleurs. Le lit était déjà ouvert. Bachelin, qui avait chaud, arracha sa cravate et son faux col.

— Au fond, tu ne m'as jamais aimé ; avoue-le !

— Je ne sais pas.

Autour d'eux régnait le grand silence vivant de la maison.

— Tu ne fais rien pour m'aider, pour m'encourager ! Veux-tu que je te dise la vérité ? Au fond, tout au fond, tu me méprises !

Il la secoua par les épaules. Elle balbutia :

— Tu me fais mal.

— Tu crois que tu ne me fais pas plus mal ?

Elle pensait au cinéma, au profil de son compagnon qui regardait les actualités, aux deux mille spectateurs en rangs réguliers, parmi lesquels il y avait des centaines de couples.

— Tu ne m'écoutes pas ?

— Mais si ! murmura-t-elle en sursautant.
Timidement, elle proposa :
— Couchons-nous.
Elle était seule devant lui. Il allait encore la bousculer, lui meurtrir les poignets et tout ce qu'elle dirait ne servirait qu'à l'exciter davantage.
— ... Tu regrettes ta famille, tes leçons de piano, les concerts où tu allais avec ton père...
Elle posa le fer à friser sur la table, car elle craignait qu'il s'en servît pour la frapper.
— Moi, n'est-ce pas ? Je ne suis qu'un pauvre type, une crapule, un gamin des rues. Ma mère vend des journaux à Nevers !
Elle voulut s'asseoir au bord du lit, mais il la releva d'un geste furieux.
— Ce que je fais ne compte pas ! Depuis des mois, je ne vis que pour toi, j'essaie en vain de te rendre heureuse...
Sa voix se cassait, annonçant la fin de la phase des reproches. Il cria encore des mots hachés. Ses yeux brillèrent et enfin il s'appuya des deux coudes au mur, et commença à pleurer.
— Couchons-nous, Émile !
Elle lui toucha l'épaule et il la repoussa. Il pleurait comme on hurle. Son désespoir était rageur et il finit, à grands coups, par frapper le mur de ses poings serrés.
— Tu as eu raison ! J'aurais mieux fait, tout à l'heure, de ne pas quitter le cinéma...
Il était encore temps, il le sentit. Il sentit aussi que cette gaffe-ci serait irrémédiable. Et pourtant il poursuivit :

— Tu serais tranquille, maintenant ! Car il était là, ton père. Tu aurais pu repartir avec lui...

Il n'entendit rien. Il se retourna, les joues mouillées, et la vit plus calme que jamais, avec un si drôle de regard qu'il eut peur.

— Qu'as-tu dit ?

— Que ton père était au cinéma. Voilà pourquoi je t'ai entraînée. Voilà pourquoi j'étais fébrile. Comprends-tu, à présent ?

Elle questionna encore :

— Il était tout seul ?

Il rougit en pensant aux vêtements de deuil. Gêné, il répéta :

— Tout seul.

Elle ne pleura pas. Elle ne pleurait jamais. Son émotion se traduisait au contraire par un grand calme. Sa voix devenait douce, comme une voix de malade et le sang semblait se retirer de sa chair.

— Et tu ne m'as rien dit !... fit-elle comme pour elle-même.

— Tu avoues que tu serais partie avec lui ?

Elle n'avouait rien. Elle était figée. Elle restait là comme si elle n'eût reconnu ni la chambre, ni son compagnon.

Lui, avec des gestes saccadés, se déshabillait. Il était à bout. Il y avait déjà trop longtemps qu'il essayait d'être heureux sans y parvenir. A quoi cela servait-il de faire tout ce qu'il faisait, d'avoir trouvé un logement, de le meubler, d'acheter chaque jour des choses nouvelles ?

— Tu ne te déshabilles pas ? questionna-t-il sans oser la regarder.

Elle le fit machinalement, apparut en combinaison, puis en chemise, s'assit pour retirer ses bas tandis qu'il se glissait le premier dans les draps. Il reniflait de temps en temps, parce qu'il avait pleuré.

— J'éteins ? demanda-t-elle.

Elle tourna le commutateur et vint s'étendre dans le lit sans toucher son compagnon. Il faisait noir. Il n'y avait que la salamandre à laisser voir un halo rougeâtre dans le fond de la pièce.

— Bonsoir, dit-elle.

Il ne l'entendait pas respirer. Il ne la sentait pas. Des minutes passèrent. Il s'agita, chercha à tâtons le visage de Juliette pour l'embrasser. Jamais encore ils ne s'étaient endormis sans avoir échangé un baiser.

Elle ne bougea pas. Alors, soudain, il sentit monter en lui une rage qui l'étrangla. Dans le noir, il frappa, serra la chair pour la meurtrir, en criant des phrases décousues.

Il sentit qu'un bras cherchait à se dégager, ne comprit pas pourquoi. C'était pour atteindre le commutateur. Il y eut un déclic. La pièce se trouva dans la lumière et Bachelin eut devant les yeux le visage peureux mais réfléchi de Juliette.

— Calme-toi !

Il cessa de frapper. Mais ce fut pour se frapper lui-même, pour se laisser aller à une crise de nerfs.

Si bien qu'elle finit, en chemise et pieds nus, par aller chercher une serviette mouillée qu'elle lui passa sur le front.

— Calme-toi !... C'est fini !... J'irai demain chez la vieille...

Quand il s'éveilla, il avait la tête vide, la gorge

douloureuse. Juliette était déjà dans la cuisine, à préparer du café. Les autobus déferlaient rue du Pas-de-la-Mule.

VII

« C'est sa faute ! » se disait Bachelin en se faufilant entre les ménagères qui entouraient les petites charrettes où s'entassaient, dans un soleil fluide, des légumes acides et des fruits fragiles comme le précoce printemps.

Le regard rempli des images bariolées de la rue, il corrigeait aussitôt :

« En tout cas, ce n'est pas la mienne ! »

Il parcourait la rue de Turenne de bout en bout, comme il le faisait chaque jour, comme il l'avait fait la veille en se disputant avec Juliette. D'habitude le vacarme, le mélange intime des lourds camions, des échoppes, des cours anciennes pleines de voitures de livraison, des gens pauvres et des demi-pauvres, cette masse compacte de sons, de visages, de bras, de couleurs lui donnaient la même confiance en lui que le cinéma et c'était encore une chose que Juliette ne voulait pas comprendre !

Mais ce n'était pas à elle qu'il en voulait ce matin. Il était fatigué. Il marchait comme toujours les mains dans les poches.

Pourquoi, puisqu'il était intelligent, était-il incapable d'arrêter à temps une discussion ?

Ce n'était pas encore cela, ce n'était pas la scène de la nuit qui le tourmentait. Elle n'avait été qu'un incident matériel de plus.

Il y avait par-dessus tout quelque chose de plus grave et de plus tragique, une sorte d'impuissance congénitale à être heureux.

Il regardait par exemple une femme qui vendait des choux-fleurs. Vulgaire, couperosée, elle s'enrouait à racoler les clientes. Mais il n'y avait aucun désespoir, aucune inquiétude même dans ses yeux.

Au café de la Paix, à Nevers, un imbécile comme Lasserre ne se rendait pas compte qu'il était un imbécile et il avançait dans la vie avec une parfaite assurance. Berthold, du Crédit Lyonnais, était la sérénité même. C'est à peine si Jacquemin, le bossu, avait quelque chose de trouble dans son sourire et dans le son de sa voix et du moins, lui, était-il bossu !

« C'est sa faute et ce n'est pas sa faute ! » concluait Bachelin qui pensait toujours à Juliette.

Elle devait l'aimer, sinon elle n'eût pas accepté de passer par où ils avaient passé. N'empêche que, depuis qu'ils étaient ensemble, ils pataugeaient. Et ils continueraient à patauger ! Chacun était plein de bonne volonté ! Chacun voulait bien faire !

Pourquoi, au dernier moment, prononçait-on exactement le mot qu'il ne fallait pas prononcer ? On le prononçait, par surcroît, en prévoyant le drame !

Il en était ainsi pour tout. La vie entière de Bachelin avait été ainsi. Et pendant ce même temps des êtres comme Van Lubbe jouissaient d'un équilibre merveilleux.

« De qui M. Grandvalet est-il en deuil ? »

Encore une chose que Juliette ne lui avait pas pardonnée. Son père était à Paris et Bachelin ne lui en avait rien dit. Était-ce Mme Grandvalet qui était morte ?

Un gamin qui courait le bouscula et il se renfrogna davantage. Il s'était rarement senti aussi impuissant. Il en ressentait un malaise physique. Il avait mal à la tête à force de plisser le front et les gens devaient s'étonner de le voir grimacer en marchant.

Il cherchait des souvenirs réconfortants, mais il n'en retrouvait pas un qui ne fût terni. S'il pensait à Juliette qu'il étreignait sur leur seuil de la rue Creuse, il se rappelait les caresses inutiles, maladroites, qu'il lui avait fait subir, et sa résignation, et la voix de la vieille, à sa fenêtre, qui leur criait son indignation.

S'il pensait au café de la Paix, le souvenir du truc qu'il employait pour tricher aux cartes le mettait mal à l'aise. Et pourtant, n'était-ce pas son droit de se défendre ? Lui avait-on donné d'autres armes pour affronter la vie ?

Il atteignit la place de la République et, petit à petit, son visage devenait menaçant. Un bébé devait être né, à cette heure, chez les Leroy, dans l'atelier de la rue du Mont-Cenis. Leroy aussi était amer, mais seulement quand il avait bu.

— M. Van Lubbe n'est pas arrivé ? demanda-t-il au garçon de la *Brasserie Nouvelle.*

— Je ne l'ai pas vu ce matin.

Par contraste avec la place ensoleillée, le café était sombre. Sur le terre-plein se dressaient des manèges de chevaux de bois et une demi-douzaine de loges foraines.

— Un café-crème, commanda-t-il, décidé à ne pas boire d'alcool.

Puis, tandis que le garçon s'éloignait :

— Ou plutôt non ! Donnez-moi un picon !

C'était encore un moyen de se remonter d'un cran. Peut-on vivre sans cela ? D'autres, peut-être, mais pas lui ! Van Lubbe était en retard. Il se montrait toujours cordial avec lui, plein d'attentions pour Juliette à qui il faisait de fréquents cadeaux. Deux ou trois fois par semaine, ils dînaient ensemble dans un grand restaurant et le Belge commandait les meilleurs vins.

Il n'en méprisait pas moins Bachelin, c'était l'évidence même. Il le traitait avec une rondeur condescendante.

« S'il pouvait me chiper ma femme, il le ferait ! »

Les garçons frottaient les glaces de la brasserie à la craie. Une douzaine de clients étaient attablés, toujours les mêmes, qui avaient fait de l'établissement leur quartier général.

« S'il n'est pas arrivé dans dix minutes, je m'en irai ! »

Ce n'était pas vrai, car il avait besoin d'argent et il n'y avait que Van Lubbe pour lui en donner. Combien gagnait-il en faisant la carambouille ? Des milliers et des milliers de francs ! Il dépensait sans compter. Il avait une auto dont Bachelin le vit descendre quelques instants plus tard, l'air satisfait, les joues fraîches et lisses.

— Tu étais là !

Il tendait la main du même geste qu'il refermait la portière de sa voiture, en homme pour qui chaque minute est une joie. Il s'assit sur la banquette avec un soupir d'aise.

— Ernest ! Un petit vermouth avec un rien de citron.

Le temps qu'il se mette à son aise, qu'il regarde autour de lui pour voir quels étaient les clients arrivés et Bachelin avait son plus mauvais visage, sa bouche amincie, ses yeux tout petits et fixes.

— Rien de neuf ?

Bachelin ne répondit pas. Tout en regardant son compagnon, c'était l'idée qui venait de lui venir qu'il semblait contempler avec une joie mêlée d'effroi.

— Qu'est-ce que tu as ?

— Rien.

Le garçon avait fini de les servir. Van Lubbe posa son portefeuille sur la table, l'ouvrit, compta des coupures de cent francs.

— C'est mille francs que tu m'avais demandés, n'est-ce pas ?

— Il m'en faut vingt mille, articula Bachelin qui avait vu une liasse de billets dans le portefeuille.

Le Belge leva la tête en souriant.

— Tu es fou ?

Mais il ne sourit plus en découvrant le visage livide de son compagnon, ses narines frémissantes et surtout ses pupilles contractées.

— C'est comme ça ! confirma Bachelin dont les genoux tremblaient sous la table.

— Je vais te donner les mille francs promis. Quant à faire plus, ce n'est pas possible.

— Il me faut vingt mille francs !

Van Lubbe devina, fronça les sourcils, transformé,

lui aussi, ne gardant aucune trace de sa bonhomie ordinaire.

— Ce qui veut dire ?...
— Que je ne marche plus.
— Et alors ?
— C'est tout.
— Il te faut vingt mille francs pour te taire ?
— C'est bien cela.

L'autre se contenait à tel point que sa voix était méconnaissable. Il remit lentement son portefeuille dans sa poche, après y avoir replacé tous les billets.

Bachelin avait une peur atroce, souffrait dans sa chair, dans son esprit. Chaque seconde était un martyre, mais pas un instant il ne détourna les yeux de son interlocuteur, comme si c'eût été le seul moyen de le tenir en respect.

Van Lubbe se levait, aussi calme en apparence qu'un client qui se dispose à partir. Quand il fit un pas, Bachelin leva instinctivement le bras pour se protéger, mais il était déjà trop tard. Son interlocuteur lui appliquait son poing en plein visage en grognant :

— Sale petite bête !... Sale petite bête !...

Bachelin ne voyait plus rien. Il entendait des bruits de chaises remuées et il attendait avec angoisse que des clients se missent entre eux. Van Lubbe frappa encore, une fois, deux fois. Quelqu'un dit :

— Lâchez-le !... Qu'on aille chercher la police...

Avant l'arrivée des agents, le Flamand avait saisi Bachelin au collet et, d'une poussée, l'envoyait rouler sur le seuil.

Ce fut tout. Van Lubbe se regardait dans la glace, aplatissait ses cheveux, rectifiait le nœud de sa cravate. Bachelin, lui, se relevait et, sans chapeau, filait le long des maisons en parlant tout seul.

Comme il passait la main sur son visage, il constata qu'il saignait du nez, et fut pris de panique. Sa tête commençait seulement à lui faire mal car, au moment même, il avait à peine senti les coups. Des passants se retournaient sur lui. Il les regardait comme un chien hargneux.

Pourquoi avait-il fait ça ?

« On verra bien ! menaçait-il encore. Il est peut-être le plus fort, mais je l'aurai ! »

Il était exactement le même, au physique et au moral, que, quand enfant, il avait reçu une raclée dans la rue et qu'il rentrait chez lui dévidant des phrases sans suite.

Peu à peu, il ralentissait le pas en pensant à Juliette qui, en peignoir et en pantoufles, était occupée à mettre de l'ordre dans le logement ou encore, car il était déjà tard, à faire son marché aux petites charrettes de la rue de Turenne.

Lorsqu'il atteignit la maison, son nez ne saignait plus, mais son visage restait congestionné et il y avait des taches rouges sur son faux col et sur sa chemise.

Juliette n'était pas là. Comme elle le faisait d'habitude, elle avait laissé un billet : « Je reviens tout de suite. » Des légumes cuisaient sur le réchaud à gaz et les trois pièces sentaient le chou.

Il se coucha tout habillé sur le lit qui était déjà fait et, pour retarder les explications, feignit de dormir dès qu'il entendit des pas dans l'escalier.

Le lit n'était plus stable. Les yeux clos, Bachelin s'y raccrochait, pris de vertige, avec la sensation d'un rythme qui s'accélérait de plus en plus et qu'il était incapable de freiner. Cela ne pouvait pas durer, c'était fatal. Et on ne pouvait pas prévoir non plus comment cela finirait.

Il évoquait le père Grandvalet sur le seuil du cinéma, tout noir dans ses vêtements de deuil, le visage très blanc. Est-ce qu'il portait des moustaches ? Une barbe ? Bachelin ne s'en souvenait pas et c'était sans importance. Juliette s'était penchée sur lui. Il n'avait pas bronché. Maintenant elle allait et venait à pas feutrés pour ne pas le réveiller, mettait la table, faisait fondre dans la poêle du beurre qui grésillait.

Quand il entrouvrait un œil, il rencontrait des images qui ne lui étaient même pas familières. Le papier peint était neuf, le logement inachevé. Il est vrai que trois mois de loyer étaient payés d'avance.

Est-ce que Juliette se serait montrée à son père si elle l'avait aperçu ? Aurait-elle été capable de le suivre à Nevers ?

« *Sale petite bête !...* »

Dix ou quinze personnes avaient assisté à la scène et avaient vu Bachelin, piteux, se relever pour fuir sans même se retourner. N'empêche qu'il pourrait envoyer Van Lubbe en prison ! Car c'était Van Lubbe le voleur ! C'était lui la sale bête !

— Tu dors ? murmura une voix très basse à son oreille.

Il écarta les paupières. Juliette était triste, elle aussi. Depuis quelque temps, elle était mal portante. Son teint devenait gris et elle avait sans cesse de petits boutons sur le front et sur les joues.

Il soupira, demanda en pensant au déjeuner :

— C'est prêt ?

Juliette le servit, s'assit en face de lui sans oser le questionner.

— On est venu pour le gaz, dit-elle enfin.

Il ne répondit pas. Il étouffait, en mangeant des choux de Bruxelles qu'il avalait sans les mâcher, sans appétit. Au moment où il sentait du chaud couler sur sa lèvre, Juliette remarqua pensivement :

— Tu saignes...

— M. Émile n'est pas encore arrivé ?
— Pas encore. Il ne va pas tarder.

Les mêmes phrases étaient prononcées tous les jours. M. Grandvalet se dirigeait vers le fond du petit restaurant de la place Dauphine où, le midi, fréquentaient des inspecteurs de la Police Judiciaire. Il fallait descendre une marche. Le patron, en tablier bleu, moustaches cirées, se tenait derrière le bar en fer à cheval et une fille de salle qui s'appelait Élise servait à M. Grandvalet un verre de gentiane.

Car il avait bien fallu choisir un apéritif, maintenant qu'il passait au café la plus grande partie de la journée. Élise lui avait conseillé celui-là parce qu'il était le moins alcoolisé.

— Le journal, monsieur Grandvalet ?

Il mettait ses lunettes pour le parcourir, des lunettes à monture d'or dont il essuyait les verres avec une peau de chamois avant de s'en servir.

La place Dauphine était toujours calme. M. Émile arrivait parfois en taxi, d'autres fois il descendait de l'autobus au milieu du Pont-Neuf et on reconnaissait son pas sur le trottoir.

Qu'est-ce que l'ancien caissier aurait fait d'autre ? Il habitait toujours l'hôtel du Centre, où il avait de plus en plus ses habitudes. C'est là qu'un matin un télégramme était arrivé pour lui. Il était de Mme Jamar et lui annonçait que sa femme était morte pendant la nuit.

Il avait pris le train avec son fils. Sa belle-fille était restée à Paris un jour de plus, à cause des vêtements noirs à commander pour les enfants et pour elle.

Là-bas, cela s'était passé dans la grisaille, sans presque de larmes. Il n'y avait que Mme Jamar à pleurer sans cesse et à répéter dix fois par jour que Mme Grandvalet était morte comme une sainte.

Son cas était complexe. Elle avait succombé à la fatigue, à la grippe, à l'urémie. Elle avait à peine eu le temps, la nuit, quand la crise l'avait prise, de se voir mourir.

Ce n'est qu'une fois à Paris que Philippe demanda le partage de la part de sa mère.

— J'ai une femme et des enfants, s'excusa-t-il. Je suis obligé de penser à eux.

Mais les formalités n'étaient pas terminées, à cause de l'absence de Juliette. On avait besoin de sa signature. M. Émile poursuivait ses recherches. Une fois, il avait trouvé la trace d'Émile Bachelin, dans une maison d'importation de la rue d'Hauteville. Il avait pu le suivre lui-même sur les Grands Boulevards, prendre le métro derrière lui mais, à un changement de ligne, il l'avait perdu dans la foule.

Il restait optimiste :

— Cela nous prouve tout au moins qu'ils sont toujours à Paris !

Deux ou trois fois par semaine, M. Grandvalet

frappait à la porte de la brigade des garnis, s'asseyait près du poêle, à une place qui était presque devenue la sienne. Il connaissait la plupart des policiers. Quand ils arrivaient pour l'apéritif dans le bistro de la place Dauphine, ils le cherchaient des yeux, lui adressaient un sourire et un petit signe.

— Toujours rien ?

On ne s'en moquait pas trop. Il était plutôt attendrissant. Dans les journaux, il ne lisait que les faits divers, surtout les noyades, comme s'il eût eu le pressentiment que cela se terminerait par un drame.

Ce jour-là, il y avait du nouveau, cela se sentait à la façon dont M. Émile chercha M. Grandvalet des yeux et s'assit en face de lui, commanda son traditionnel pernod.

— Et voilà !
— Voilà quoi ?
— Je ne veux pas exagérer en affirmant que je les tiens, mais, ce que je puis dire, c'est que, dans quelques jours au plus tard, j'aurai mis la main sur votre fille. Vous me répondrez que ce n'est pas la première fois que je parle ainsi. Seulement, aujourd'hui, j'ai des éléments indiscutables.

M. Grandvalet ne réagissait guère. Peut-être qu'à force de chercher, il ne pensait même plus à la possibilité de toucher au but. Il regardait son interlocuteur qui avait engraissé et derrière lui il voyait Élise qui mettait les couverts et qui essayait d'entendre. Deux inspecteurs s'accoudèrent au comptoir.

— J'ai eu l'affaire d'une drôle de façon. Un ancien collègue de la Police Judiciaire me parlait d'une histoire de carambouille. Il s'agit d'une vieille marchande à la toilette, qui achète des quantités de marchandises à des prix incroyables.

Est-ce que M. Grandvalet l'écoutait ? Est-ce qu'il comprenait ?

— Dans ces histoires-là, il faut y aller très prudemment. J'ai essayé de faire parler la vieille, qui est une ancienne sous-maîtresse, mais elle est sur ses gardes. Tout ce que j'ai pu savoir, c'est que c'est une jeune femme qui vient régulièrement encaisser l'argent.

— Vous croyez que c'est ma fille ? demanda doucement M. Grandvalet.

— Attendez. Je n'ai pas été assez bête pour lui montrer la photographie de Mlle Juliette. J'ai préféré la montrer à la concierge, qui l'a reconnue.

— Où est-ce ?

— Dans un passage, derrière la rue des Petits-Champs.

— C'est tout ?

— C'est suffisant. Des marchandises ont été livrées il y a quelques jours. Elles ne sont pas encore payées. Autrement dit, votre fille viendra d'un moment à l'autre...

Il fallait déjà un effort à M. Grandvalet pour imaginer la silhouette et le visage de Juliette, surtout dans un décor et dans des situations où il ne l'avait jamais vue. Car Juliette avait toujours été timide à sa manière. Il fallait insister pour la décider à aller chez les commerçants et elle se contentait alors de prononcer des monosyllabes en désignant ce qu'elle voulait.

Une fois, comme on lui demandait d'aller payer les contributions, elle avait pleuré et M. Grandvalet, qui voulait défendre son autorité, avait été obligé de la menacer d'une punition exemplaire.

M. Émile parlait toujours. Ne se trompait-il pas ? Ou même ne mentait-il pas ? On ne pouvait pas savoir. C'était lui qui s'imposait à M. Grandvalet, qui refusait d'abandonner l'affaire, qui commandait de faire ceci ou cela. Il intervenait même dans des détails tout à fait privés, au point d'obliger l'ancien caissier à aller au cinéma, le soir, pour ne pas rester seul dans la morne atmosphère de l'hôtel.

— Laissez-moi faire ! Du moment que je vous dis que tout s'arrangera, tout s'arrangera !

M. Grandvalet n'osait pas lui tenir tête et en arrivait à se cacher du détective pour certaines démarches, par exemple pour aller de temps en temps chez les Leroy, où une petite fille était née.

Il apportait avec lui des victuailles qu'il achetait en montant la rue Lepic. Il s'arrangeait pour arriver quand Leroy n'était pas là et il bavardait avec la jeune femme qui continuait à décorer ses abat-jour.

Il préférait l'atelier de la rue du Mont-Cenis à l'appartement de son fils, où on avait décidé qu'il dînerait une fois la semaine, le mardi.

— J'ai laissé un homme dans le passage, avec la photographie de votre fille. Tout à l'heure j'irai prendre sa place. Reste maintenant à savoir ce que vous décidez. On peut la suivre quand elle sortira, mais c'est risqué. L'après-midi dans les rues de Paris, il est à peu près impossible de ne pas perdre quelqu'un de vue.

Le regard candidement interrogateur de M. Grandvalet restait posé sur M. Émile.

— Moi, je m'y prendrais autrement. Vous déposez une plainte. Nous obtenons un mandat d'amener et un inspecteur attend avec moi dans le passage. Un quart d'heure plus tard, nous sommes à la Police Judiciaire avec votre fille et...

Il s'interrompit devant la mine ahurie de son interlocuteur.

— Ne craignez rien ! Il n'est pas question de la jeter en prison. A la Police, les choses s'arrangeront, vous retirerez votre plainte et vous vous en irez avec votre enfant.

Non ! M. Grandvalet ne voulait pas. Il secouait la tête.

— J'irai avec vous, décida-t-il.

Et il tint bon. Ils déjeunèrent dans le restaurant, servis par Élise qui était aussi du Nivernais. Quand ils arrivèrent rue des Petits-Champs, le passage était déjà sombre, encombré par les étals des boutiques de soldeurs.

La foule défilait sans arrêt, dans les deux sens. Les lampes s'allumèrent, de grosses lampes blêmes qui donnaient au décor un aspect triste et vieillot. Des boutiques de timbres-poste, de jambes artificielles, de livres obscènes se succédaient. Près d'une porte, un jeune homme miteux attendait.

— Tu peux filer, lui dit M. Émile.

Au rez-de-chaussée, il y avait une confiserie, mais des plaques en marmorite annonçaient, aux étages, une marchande à la toilette et un commerce de fleurs artificielles.

Aux deux bouts du passage, le jour n'était pas encore tout à fait mort et il subsistait dans l'air un peu de l'or du coucher de soleil.

— Il vaudrait mieux qu'elle ne vous aperçoive pas

en arrivant. Vous devriez relever le col de votre pardessus, regarder les vitrines...

L'attente commença dans le courant d'air.

VIII

Juliette passa sans rien voir. Elle avait toujours marché ainsi, en regardant droit devant elle, indifférente aux passants et au spectacle de la rue. Elle portait son manteau de petit-gris, un chapeau noir, et, telle quelle, elle avait l'air d'une petite bonne femme, mariée depuis peu, qui a des soucis, ou dont la santé n'est pas très bonne.

A côté de la confiserie, elle s'enfonça sans hésiter dans le corridor qui n'était pas éclairé, gravit l'escalier jusqu'à l'entresol, chercha le cordon de laine molle qui déclenchait la sonnette. Les autres fois, Mme Hédoin ouvrait aussitôt, si vite même qu'on pouvait croire qu'elle passait des journées tapie derrière la porte. Il n'en fut pas de même. Le glissement des pantoufles commença au loin dans l'appartement. Lorsqu'il atteignit la porte, il y eut un long silence puis enfin, soudain, le bruit de la chaîne de sûreté et du verrou.

— Vous êtes folle? murmura la vieille femme, qui avait entrebâillé l'huis de quelques centimètres.

Avec ses cheveux blancs, son visage mou et pâle, elle ressemblait à une grosse lune et ses yeux, à n'importe quel moment, gardaient une expression craintive, ahurie. Juliette fit un geste pour pousser la porte et la vieille hésita, balbutia encore :

— Qu'est-ce que vous me voulez ?

Parce qu'il y avait des pas dans l'escalier, au-dessus d'elles, elle laissa entrer la visiteuse.

— Avouez que vous êtes venue pour me faire prendre !

Son aspect ajoutait à l'incohérence de cette scène. L'aspect de l'entresol aussi, bas de plafond, éclairé, non par des lampes, mais par des poupées dont les robes à panier servaient d'abat-jour. Dans une lumière indécise, les objets prenaient un air équivoque, inconsistant. Les rideaux de la fenêtre en soie passée, étaient d'un rose de bonbon. Les meubles de style paraissaient fragiles et partout il y avait des coussins tendres et des fanfreluches. Mme Hédoin elle-même était vêtue de soie bleuâtre et parfumée comme un gâteau.

— Je suis venue pour la facture, dit Juliette en tirant un papier de son sac.

— Alors, vous n'êtes au courant de rien ?

— Au courant de quoi ?

— La police...

— Eh bien ?

Les gros yeux de Mme Hédoin étaient pleins d'une angoisse humide. Elle prit Juliette par la main pour la conduire à la fenêtre et là, elle écarta légèrement, d'un doigt bagué, le rideau rose. Sur les vitres, il y avait un brise-vue au crochet et on ne voyait le spectacle lumineux de la rue qu'à travers une sorte de toile d'araignée.

Il était cinq heures et demie, l'heure la plus animée

dans le passage qui était de la même époque que Mme Hédoin et que son appartement, encombré de trop de choses lui aussi, fait de mille objets, de mille lumières clignotant dans tous les sens. Les passants eux-mêmes semblaient tirer à hue et à dia. En les observant de la fenêtre de l'entresol, il était difficile de croire que chacun savait où il allait et ne s'agitait pas à vide. Juste en face, dans la moins éclairée des boutiques, un vieux monsieur en blouse blanche, assis dans la vitrine devant une meule mue par une pédale, faisait des pipes en écume.

— Vous les voyez? soufflait Mme Hédoin. Tout à l'heure, ils se tenaient près du posticheur...

Juliette sentait sur son front la fraîcheur de la vitre et, en relief, le dessin du brise-vue au filet. Tout à coup, alors qu'elle regardait sans voir, parce qu'on lui disait de regarder, elle découvrit dans tous ses détails une silhouette noire, un chapeau melon, un visage très pâle où se dessinait à peine une moustache qui devenait blanche.

C'était son père. Un homme plus gros était avec lui et tous deux épiaient la porte de la maison où elle se trouvait.

— Il y a deux jours qu'ils surveillent l'immeuble, chuchotait Mme Hédoin dont un sein chaud s'écrasait sur l'épaule de Juliette.

Celle-ci s'étonnait de n'avoir ressenti aucun choc, de n'être pas émue. Il n'y avait en elle que de la curiosité. Elle regardait son père comme on ne pense pas, d'habitude, à regarder ses parents. Elle le trouvait petit. Jamais elle n'avait remarqué la coupe de ses pardessus, qui étaient trop droits, trop étroits d'épaules. Cela faisait triste, mesquin, surtout avec une cravate noire et un crêpe au chapeau.

Ce crêpe, elle ne le remarqua qu'après coup et elle se demanda de qui son père était en deuil.

— Le petit vieux doit être le commissaire. Jusqu'à présent, il y en avait deux autres qui se relayaient, mais celui-là est arrivé cet après-midi. Sans doute lui a-t-on signalé que vous viendriez.

Bachelin, chez eux, était-il toujours couché ? Pendant qu'il dormait, Juliette avait regardé dans son portefeuille et s'était aperçue qu'il n'avait pas apporté d'argent. Elle avait attendu son réveil. Elle avait demandé simplement :

— Van Lubbe ne marche plus ?

Elle évitait de le regarder en face, à cause de son nez tuméfié dont il avait honte. Elle devinait.

— Ne me parle plus de lui.

— L'employé du gaz reviendra demain matin.

Il était resté couché, à regarder le plafond. Enfin il avait soupiré :

— Veux-tu aller une dernière fois chez la vieille ? Elle nous doit deux mille francs.

Elle aurait pu lui dire d'y aller lui-même, mais elle ne le fit pas, car elle sentait qu'il en était incapable. Il s'était passé quelque chose et Bachelin était rentré chez lui comme une bête blessée, s'était couché en plein jour, avec l'air de renoncer à toute activité.

— Ne lui dis pas que nous ne voyons plus Van Lubbe.

Elle s'était habillée. Elle avait pris l'autobus jusqu'à la rue des Petits-Champs. Maintenant, le front collé à la vitre, elle regardait les deux hommes, son père surtout, que Mme Hédoin avait pris pour un commissaire de police.

— Ils attendent que vous sortiez et ils vont vous suivre pour savoir où vous habitez. C'est par vous qu'ils comptent avoir tout le monde.

Juliette se retourna, vit l'appartement peu éclairé, les soies et les vieilles peintures, la tête ronde et blafarde de la vieille.

— Qu'allez-vous faire ?

Elle réfléchissait, l'attention partagée entre le bric-à-brac du passage et l'entresol silencieux où, sur des chenets, brûlait une toute petite bûche.

L'homme qui accompagnait son père devait être de la police. Celle-ci seule avait pu retrouver sa trace et, par la même occasion, elle flairait la piste des carambouilleurs.

Si elle sortait, on la suivrait et elle serait à peine rentrée rue du Pas-de-la-Mule qu'on frapperait à la porte.

— La maison n'a pas de seconde issue ? demanda-t-elle froidement.

La vue de son père ne lui avait vraiment pas fait l'effet qu'elle aurait cru. Elle avait presque peine à croire qu'elle avait vécu tant d'années près de lui. C'était un étranger, un petit monsieur un peu ridicule qu'elle venait de temps en temps regarder de la fenêtre.

— Il n'y a pas moyen de sortir sans être vue. Et moi qui ai encore des marchandises !... J'ai toujours dit que cela finirait mal ! Ils viendront perquisitionner et ils nous emmèneront au Dépôt...

Sa voix était inconsistante comme toute sa personne, comme son désespoir même. Juliette, au contraire, restait toute froideur, toute réflexion.

— Vous ne connaissez pas les locataires d'en haut ?

— Ce sont des gens qui ne saluent personne.

Mme Hédoin eut une idée et son visage s'éclaira.

— Vous êtes plus légère que moi. Est-ce que vous avez le vertige ?...

— Pourquoi ?

— Derrière la maison, il y a une cour surmontée d'un toit de verre, qui est juste à hauteur de l'entresol.

Elle continua à donner des explications, soudain mielleuse, aguichante, anxieuse de décider sa visiteuse, et quand elle eut réussi, elle tira des papiers gris d'une commode, y enveloppa trois manteaux qui provenaient de la carambouille.

— Rendez-moi ce service en même temps. Quand ils viendront perquisitionner, ils ne trouveront rien. C'est tout le monde que nous sauvons.

Elle s'agitait dans la lumière diffuse, nouait les ficelles comme si elle n'eût fait que cela toute sa vie.

— Vous comprenez, je ne peux pas vous donner d'argent, puisque je vous rends la marchandise. D'ailleurs, je n'en ai pas ici. Depuis que la police surveille le passage, je ne sors pas, et voilà deux jours que je ne mange que des restes.

Juliette regarda une dernière fois dehors. M. Émile lui cachait en partie la silhouette de son père.

— De qui peut-il être en deuil ? se demanda-t-elle encore.

Mais, dans les familles, n'est-on pas presque toujours en deuil d'un oncle, d'une tante, d'un neveu ? Le paquet était gros et flasque. La vieille conduisit Juliette à travers sa cuisine jusqu'à un réduit obscur dont elle ouvrit la fenêtre.

Il y avait en effet une verrière qui luisait doucement, car la cour, au-dessous, était éclairée.

Plus haut, c'était, entre les murs, une sorte de cheminée étroite, avec des fenêtres sombres et des fenêtres lumineuses.

— Vous voyez la fenêtre d'en face ? Elle est toujours ouverte. Elle donne dans l'escalier de la maison voisine.

Mme Hédoin dit encore, d'une voix dramatique :

— Bonne chance ! Attention au paquet...

L'opération n'était pas difficile. Il suffisait de marcher sur les montants qui maintenaient les vitres. Le chemin à parcourir était à peine de trois mètres et Juliette fut au bout d'un seul élan, sans avoir eu le temps de sentir sa peur.

— Le paquet..., lui souffla encore Mme Hédoin.

Ce fut tout. La vieille n'était plus qu'un pâle halo à sa fenêtre. Juliette descendait un escalier sombre qui sentait la colle de poisson — il y avait un cartonnier dans la maison — avec son paquet de manteaux à la main.

Elle faillit tout perdre par sa précipitation, car les deux hommes se tenaient juste en face de la porte, mais ils regardaient dans la direction de la confiserie. Juliette recula un peu dans l'ombre du couloir et attendit. Ils parlaient. Elle voyait remuer leurs lèvres. M. Émile bourra une pipe et elle profita du moment où il l'allumait, les mains en écran autour de l'allumette, pour se mêler à la foule et se diriger vers la rue des Petits-Champs.

C'est alors que la peur la prit, une peur irraisonnée, ridicule, qui la faisait marcher trop vite, à pas saccadés, au point qu'elle se perdit dans les petites rues des environs et chercha en vain l'entrée du métro. Elle n'osait pas se retourner. Elle avait l'impression qu'on la suivait. Son paquet était encombrant et la ficelle lui sciait les doigts.

Quelque part, près d'un théâtre qui jouait en matinée, puisqu'il était illuminé, elle vit des taxis en stationnement et se précipita dans l'un d'eux, dit au chauffeur :

— Rue du Pas-de-la-Mule !

Mme Hédoin, tranquillisée, devait être à sa fenêtre, écartant du doigt le rideau de soie rose, à observer les deux hommes qui s'impatientaient. Jamais les rues n'avaient été aussi grouillantes de vie. Dans les embarras de voitures, les klaxons faisaient un bruit d'orchestre.

— Quel numéro? demanda le chauffeur en baissant la vitre.

— Vous m'arrêterez au coin de la rue.

Soudain elle changea d'idée, se pencha :

— Allez d'abord sur les quais.

— Quels quais ?

— Peu importe... Au bord de l'eau...

C'était le paquet qui l'effrayait. Si la police suivait la piste jusqu'à leur logement, ils trouveraient les manteaux qui serviraient de pièces à conviction. Elle fut étonnée de trouver la Seine si près. La voiture s'arrêtait près d'un pont. Le chauffeur, dont elle ne voyait que le dos indifférent, ne bougeait pas.

Qu'allait-il penser quand elle se dirigerait vers l'eau avec un paquet ?

Elle en perdit son sang-froid.

— Suivez toujours le quai...

Il remit son moteur en marche. Juliette fixait les lumières du quai de halage et leur reflet dans l'eau noire.

— Arrêtez !... Je suis arrivée...

Ses doigts fébriles fouillèrent son sac, remuèrent de la monnaie. Quand elle eut payé, elle longea le parapet de pierre qui la séparait de la Seine. Mais il y avait toujours des passants. Plus loin, un sergent de ville était en faction près d'un pont. Le papier gris craquait comme des souliers neufs et elle croyait qu'elle attirait ainsi l'attention de tout le monde.

Elle dépassa l'île Saint-Louis, vit un autre pont, presque désert, et là, brusquement, se décida. Le paquet lâché, elle attendit de l'entendre tomber et cela sembla durer des minutes. Il y eut un bruit à peine perceptible. Un couple qui passait, enlacé, se retourna sur elle.

C'était fini. Elle pouvait rentrer. Personne ne l'avait suivie. Les promeneurs étaient rares. Elle était à cinq minutes de marche de chez elle et elle ne se pressait plus. Elle était lasse. Elle ressentait une vague volupté à graviter seule dans le décor nocturne et elle s'arrêta deux fois pour regarder, de loin, la masse indécise de Notre-Dame qui s'estompait sur le ciel.

Était-ce sa mère qui était morte ? Elle se posait la question avec calme. Sa mère, c'était une brave femme avec qui elle avait vécu près de vingt ans, mais sans beaucoup la connaître.

— Je le dirai à ton père..., grondait-elle quand Juliette faisait quelque chose de mal.

Ou bien :

— Ce n'est pas ton frère qui me donnerait autant de mal !

Car elle préférait Philippe. Tous les deux devaient se comprendre. Juliette, elle, ne parlait jamais, lisait d'autres livres que ses parents, pensait toute seule, étouffait un soupir quand, le soir, son père demandait :

— Que vas-tu me jouer aujourd'hui ?

Il ne se connaissait quand même pas en musique !

Elle était triste, pourtant, mais d'une tristesse diffuse dans tout son être comme quand, soudain, sans raison, un pressentiment vous pèse sur les épaules.

Si sa mère était morte, son père était tout seul à Paris et il devait aller souvent dîner chez Philippe. Elle les voyait tous autour de la table. Philippe disait du mal d'elle, comme il l'avait toujours fait.

Quant à Bachelin, à cette heure, s'il ne dormait pas, il se rongeait. Malgré les airs qu'il affectait, il était très malheureux quand il n'avait pas d'argent. Plus que malheureux même ! Il se sentait amoindri, perdait tous ses moyens. Son regard devenait fuyant. C'était au point que, dans ces cas-là, comme aujourd'hui encore, il envoyait Juliette toucher à sa place.

Elle revenait sans rien ! Il lui restait une vingtaine de francs dans son sac. C'était la troisième fois qu'on venait pour le gaz et on avait menacé de fermer le compteur.

Il faisait frais. Des péniches dormaient au bord des rives et quelques-unes avaient leurs fenêtres éclairées, de petites fenêtres ornées de rideaux comme des fenêtres de maisons. Des gens du quartier promenaient leur chien. La vie agitée était plus loin, sur le pont d'Austerlitz, ou bien vers le Châtelet. L'île Saint-Louis était ceinturée d'arbres qui semblaient jaillir de la Seine et se découpaient, très noirs et très nets, sur les pierres blanches des quais.

Juliette devait faire un effort pour s'en aller. Elle pensa un instant que rien ne l'empêchait de se jeter à l'eau, mais la seule vue d'un tramway éclairé, qui emportait des gens vers leur logis, effaça jusqu'au souvenir de cette idée.

Est-ce que son père et le policier s'étaient décidés à entrer chez Mme Hédoin?

Tout cela était un peu ridicule. Des gens passaient et un moment leur visage était éclairé par la lumière d'un bec de gaz ou d'une vitrine. Juliette, alors, les regardait curieusement, en se demandant si ces inconnus, ces inconnues avaient une vie comme la sienne, à la fois plate et saugrenue.

Ce n'était pas mieux à Nevers. Elle ne regrettait pas la rue Creuse, les leçons de piano avec le professeur qui sentait mauvais et qui avait la manie de lui poser la main sur l'épaule. Elle plongeait son regard dans les bars où des hommes se faufilaient vers le comptoir pour boire un apéritif.

Et Mme Hédoin? A quoi rimait sa vie de grosse bête tapie dans son nid?

Juliette avait fait tout un détour et se retrouvait dans le mouvement de la rue Saint-Antoine. Sur le trottoir, des pardessus, des complets étaient entassés ou accrochés à des cintres, et les vendeurs s'avançaient vers les passants, les mains dans les poches, car il faisait froid, l'air honteux.

— Un joli manteau, mademoiselle ?

Et encore des bars et des apéritifs ! Un grand magasin fermait ses portes. Des centaines d'employés et d'employées sortaient par-derrière, couraient vers le métro ou vers les arrêts d'autobus.

Elle entra dans une boutique italienne et acheta de la charcuterie pour douze francs, si bien qu'il lui resta huit francs dans son sac.

Elle n'était pas triste, ni désespérée. C'était plutôt un vide qui se faisait en elle. Elle marchait parce qu'elle devait marcher, mais c'est tout juste si elle savait où elle allait.

« Il y aura une dispute ! »

C'était fatal. Quand il la verrait revenir sans l'argent, Bachelin trouverait un prétexte pour laisser échapper sa rage. Et pourtant il l'aimait bien. Il était malheureux, beaucoup plus malheureux qu'elle. Il souffrait, s'épuisait en efforts, mais il ne savait pas lui-même ce qu'il voulait.

Est-ce que Juliette l'aimait ? Elle ne savait pas. Quand, jadis, il l'étreignait, sur leur seuil de la rue Creuse, il lui arrivait de se fâcher.

— Tu restes froide ! Cela ne te fait pas plaisir que je t'embrasse !

Il se trompait. Il ne comprenait pas. Elle restait froide, c'était vrai, mais tous ses nerfs étaient tendus et c'était une sensation dont il n'avait aucune idée. Il voyait les choses autrement, lui, croyait en des caresses à la fois précises et maladroites qui ne comptaient pas.

Depuis qu'ils étaient ensemble, c'était la même

chose. Pendant ses effusions, elle restait les yeux ouverts, à le regarder curieusement, et plusieurs fois cela avait été le prétexte de scènes violentes. Parce qu'il ne la voyait pas pâlir! Parce qu'il ne comprenait rien à la raideur qui s'emparait soudain d'elle, à la fixité subite de ses prunelles!

Elle marchait, son petit paquet de charcuterie à la main. Elle prit la rue du Pas-de-la-Mule où les boutiques étaient déjà fermées. Elle aurait bien voulu retarder encore le moment de rentrer dans leur logement.

Quand elle passa devant la loge de la concierge, la porte s'ouvrit et une voix cria :

— Une lettre pour vous!

Ils ne recevaient jamais de lettres. Elle la prit sans reconnaître l'écriture. L'adresse était celle d'Émile Bachelin et il n'y avait pas de timbre.

— Qui l'a apportée?
— Le chasseur d'un café.

L'escalier était éclairé par des ampoules électriques trop faibles. Sur le deuxième palier, Juliette s'arrêta et regarda plus attentivement le papier, qui était à l'en-tête de la *Brasserie Nouvelle.*

Sur le troisième palier, elle s'arrêta à nouveau et, sans hésiter, fit sauter l'enveloppe.

« Si tu as le malheur de dire un mot, je te casse définitivement la gueule. »

Ce n'était pas signé, mais cela n'était pas nécessaire. Le billet venait de Van Lubbe et expliquait le nez tuméfié de Bachelin.

Comment les choses s'étaient-elles passées? Pourquoi les deux hommes s'étaient-ils battus? En tout cas, Bachelin avait tort et, par surcroît, il avait eu le dessous, car il n'avait rien dit.

Juliette glissa la lettre dans son corsage et continua à monter. A partir du deuxième étage, l'escalier était plus étroit et plus sombre. Quand elle atteignit son palier, la porte de leur logement s'ouvrit brusquement, dessinant un rectangle de lumière.

Dans ce rectangle, Bachelin se dressait, sans faux col, les yeux fiévreux, le gilet déboutonné. Il laissa entrer Juliette sans dire un mot, referma la porte.

Elle voulut gagner encore quelques minutes, quelques secondes et, comme si elle n'eût rien deviné de ses angoisses, elle pénétra dans la cuisine, défit son paquet. Le poêle marchait trop fort. Bachelin avait oublié de fermer la clef et le logement était imprégné d'une odeur de carbone.

Sans voir son compagnon, Juliette le devinait dans la pièce voisine, le regard fixé sur la porte, et elle se donna un peu de répit encore, alluma le réchaud à gaz, fit couler dans une casserole de l'eau qu'elle mit à chauffer. Puis elle retira son chapeau, son manteau de petit-gris, le tint sur le bras pour entrer dans la chambre.

— D'où viens-tu ?

Elle ne répondit pas tout de suite, parce qu'elle avait aperçu la cuvette qui contenait de l'eau tiède et des morceaux de coton hydrophile. Le lit était défait. Bachelin, en se levant, avait bassiné son visage tuméfié, ce qui lui donnait un air plus malheureux et plus tragique. L'enflure du nez surtout le transformait, faisait paraître les yeux plus petits encore, la bouche plus hargneuse.

Il était maigre. Sa croissance n'était pas achevée.

— Je te demande d'où tu viens !

Elle eut envie de le soigner, de le dorloter, de lui rendre du courage. Et ce n'était pas par amour à proprement parler. C'était une tendresse moins précise, où il y avait de la pitié et aussi le besoin de faire quelque chose.

Elle s'approcha et lui passa le bras autour du cou.

— Écoute, Émile...

Mais il restait hérissé comme un coq de combat.

— Il n'y a pas d'écoute... Réponds...

— Je viens de là-bas... Laisse-moi t'expliquer...

Des autobus passaient dans la rue. L'agitation qui succède à la journée de travail s'atténuait dans Paris. Les gens étaient rentrés chez eux. Dans cent mille maisons, dans des centaines de milliers de chambres, des couples se retrouvaient et se disposaient à manger.

— Tu as l'argent ?

Ici, la table n'était pas mise. L'eau commençait à chanter sur le réchaud à gaz. On voyait nettement dans l'oreiller le creux qu'y avait sculpté la tête de Bachelin.

— Il le faut, se dit Juliette.

Et, le dos rond, elle répondit :

— Non !

IX

M. Grandvalet, tout en mangeant, épiait la porte du restaurant. C'était un restaurant qu'il ne connaissait pas, dans une rue dont il ignorait le nom, du côté de la rue des Petits-Champs. M. Émile l'y avait conduit et lui avait dit de l'attendre.

Il mangeait machinalement, gêné de se trouver parmi des inconnus qui l'observaient sans bienveillance. Car les clients étaient des habitués. La plupart, en entrant, allaient serrer la main de la patronne. Presque tous avaient un rond de serviette dans le casier et ils appelaient le garçon par son prénom.

Quel genre de gens était-ce? M. Grandvalet l'ignorait. A Paris, il avait de la peine à deviner la classe sociale des êtres et cela le gênait. Un instant, par exemple, en entrant dans le restaurant, il avait cru que c'était un bistro si vulgaire qu'il avait failli sortir. Le décor était celui d'un petit café ordinaire. Sur les tables, les nappes étaient en papier.

Il avait aperçu ensuite un, deux, trois clients et il s'était rendu compte que c'étaient des gens très bien. Il avait jeté un coup d'œil sur le menu et il avait constaté que les prix étaient beaucoup plus élevés qu'à l'hôtel du Centre.

Tout cela n'avait pas d'importance. Il avait d'autres soucis que de savoir s'il n'était pas déplacé dans ce restaurant ou de calculer le prix de son repas. Cela accroissait néanmoins son malaise. On l'avait placé au fond, contre le mur. Il était visible de toute la salle et, comme ceux qui mangeaient n'avaient rien à faire, ils le regardaient.

Il y a des endroits où l'on parle à voix haute et où règne comme un murmure protecteur. Ici, les dîneurs mangeaient en silence, quelques-uns en lisant le journal, et le calme était si absolu que M. Grandvalet hésitait à appeler le garçon.

Il venait de manger un potage quand son regard tomba sur le calendrier qui se trouvait derrière le comptoir. Il lut le mot mardi, s'affola, car il avait oublié que c'était le jour où on l'attendait à dîner chez son fils.

— Garçon ! Donnez-moi l'annuaire des téléphones.

Philippe n'était pas abonné, mais il y avait le téléphone dans l'immeuble et M. Grandvalet finit par trouver le numéro. On lui indiqua une cabine dont la porte ne fermait pas. Il eut l'impression que sa voix déchaînait un tonnerre dans tout le restaurant.

— Allô ! madame, voudriez-vous avoir l'amabilité d'appeler M. Philippe Grandvalet à l'appareil ?

Il savait qu'il y avait quatre étages. En pensée il suivait la concierge dans l'escalier. Il était plus de huit heures. Tout le monde devait être à table, là-bas, à se demander ce qui lui était arrivé.

— Allô ! C'est toi, Philippe ?
— C'est Hélène.

Il expliqua qu'il était retenu par une affaire très importante. Sa belle-fille lui annonça que Philippe était rentré avec la grippe et s'était couché.

Quand M. Grandvalet reprit sa place, tout le monde le regarda. Il n'avait jamais été aussi impatient de sa vie, mais cela ne se voyait pas. Pour les ignorants c'était un monsieur d'un certain âge, un peu gauche, un peu ridicule, qui ne se rendait pas compte qu'il était dans un des restaurants où l'on mange le mieux de Paris.

Il épiait toujours la porte. D'un moment à l'autre, M. Émile apparaîtrait et peut-être ne serait-il pas seul !

Car on en était là. On ne savait rien, mais rien ne s'opposait à ce que, dans ce même restaurant, Juliette fît soudain son entrée.

Elle n'était pas sortie de la maison du passage. M. Émile se portait garant qu'il n'y avait pas d'autre issue. Donc, elle était encore dans l'entresol où le détective s'était décidé à aller frapper.

— Ne vous inquiétez de rien. Mangez en m'attendant.

Eh bien, en vérité, M. Grandvalet était presque effrayé d'avoir retrouvé la trace de sa fille. Il ne s'en était rendu compte qu'au moment où Juliette était passée à quelques pas de lui et où le détective avait murmuré :

— C'est elle !

Sans cela, il l'aurait à peine reconnue. D'abord à cause du manteau de petit-gris, évidemment ! Mais aussi à cause du reste. Il n'avait pas pensé, en la cherchant, que Juliette ne pouvait plus être la même.

Il n'aurait pas osé l'avouer à personne, parce que les gens n'auraient pas compris, mais, en la regardant entrer dans la maison, il n'avait reçu aucun choc. Il était resté froid, curieux, puis il s'était détourné, en proie à un malaise.

Cela tenait peut-être à ce que, pour la première fois, il avait imaginé certaines choses. Pas avec précision. Mais la femme qui passait n'avait plus rien de la petite fille à qui, le soir, il demandait une *Polonaise* de Chopin. Comment lui parlerait-il ? Même sa voix devait être changée !

Les sourcils froncés, il fixait la porte en pensant machinalement que Philippe avait la grippe et que c'était heureux.

« Ainsi ils ne m'ont pas attendu. »

M. Émile, lui, énorme dans son épais pardessus, était assis sur une petite chaise dorée dans le salon de Mme Hédoin. La vieille femme était installée en face de lui, près de la cheminée où il ne restait que des cendres.

— Je vous répète que je n'ai rien à vous dire. Je ne sais rien. Je n'ai pas vu la personne dont vous parlez et je ne la connais même pas.

Au début, elle n'avait pas voulu le laisser entrer, mais il avait exhibé une vieille médaille de la Police Judiciaire.

— C'est ennuyeux, soupirait-il en bourrant sa pipe, car cela va devenir une très sale affaire. Il y a là-dedans de l'enlèvement de mineure, de l'incendie volontaire, du vol, de la carambouille...

Mme Hédoin se tenait très bien, toute droite dans son fauteuil, le visage rigide.

— Je crois que je vais être obligé de vous emmener au quai des Orfèvres, où vous passerez la nuit.

Elle commença à flancher, après un coup d'œil autour d'elle sur cet intérieur douceâtre auquel on voulait l'arracher.

— Vous n'avez pas le droit, riposta-t-elle pourtant.

Sans souci pour les soieries d'un rose passé, M. Émile alluma sa pipe et se promena dans la pièce.

— Vous, il y a des chances pour qu'on ne vous poursuive pas, car vous avez pu acheter les marchandises de bonne foi. En somme, vous êtes une commerçante et vous avez fait votre métier de commerçante.

Il fallut quand même près d'une heure pour amener la vieille à déclarer :

— Allez donc voir rue du Pas-de-la-Mule. J'ai entendu parler de cette adresse.

Elle était épuisée et, quand l'intrus fut sorti, elle passa la nuit à coudre des billets de banque et des pièces de monnaie dans ses vêtements.

Le choc que M. Grandvalet n'avait pas ressenti en voyant sa fille, il l'eut quand la porte s'ouvrit avec un craquement et quand M. Émile parut, le visage volontairement fermé.

— Avez-vous bien mangé ? Garçon ! Apportez-moi une côtelette aux morilles.

M. Grandvalet n'osait pas le questionner, n'osait plus respirer.

— J'en ai pour cinq minutes à me mettre quelque

chose dans l'estomac. Après, nous irons rendre visite aux enfants.

— Vous avez leur adresse ?

Il fit oui des yeux, s'étira avec satisfaction tandis que M. Grandvalet ne bougeait plus, figé par une sorte de peur.

— Moutarde ! réclama M. Émile à voix haute.

Et, plus bas :

— C'est le bon moment. Ils seront tous les deux au nid. Savez-vous que votre fille est plus culottée que vous le pensiez ? Tout à l'heure, pour nous filer sous le nez, elle n'a pas hésité à passer par les fenêtres.

— Elle nous a vus ?

— Parbleu !

Un voisin les écoutait, intrigué par de pareilles phrases, et M. Grandvalet, plus malheureux que jamais, proposa :

— Si nous remettions à demain...

— Pour leur donner le temps de filer ?

Pourquoi pas ? Qu'est-ce qu'on allait leur dire ?

— Demandez l'addition et nous sautons dans un taxi.

M. Grandvalet se donna du courage en pensant qu'une fois devant la maison il déciderait son compagnon à s'en aller.

— Qu'y a-t-il eu entre toi et Van Lubbe ? demanda Juliette qui mangeait un morceau de fromage.

— Il me semble que tu m'as demandé de rompre

avec lui ! répliqua Bachelin en levant sur elle des yeux troubles.

Il y avait un quart d'heure qu'ils ne parlaient pas. Juliette avait mis la table, par contenance, parce qu'il fallait bien faire en sorte que la vie continuât.

— Qu'a-t-il dit ?

Il crut qu'elle regardait son nez et une bouffée de colère lui monta au visage.

— Qu'a-t-il dit ? répéta-t-il en imitant le calme de sa compagne. Il se passe, en tout cas, que, grâce à tes manières, nous n'avons plus un sou !

C'était injuste et faux ! Il en souffrait lui-même, mais il avait besoin d'être méchant.

— Ce que je voudrais bien savoir, moi, c'est pourquoi la vieille n'a pas payé.

— La police était dans le passage.

Il se leva d'une détente et marcha jusqu'à la fenêtre, plongea le regard dans la rue obscure où il n'y avait personne sur les trottoirs.

— On t'a suivie ?

— Je suis sortie par la maison voisine et j'ai pris un taxi.

Juliette avait une sensation curieuse : les mots qu'elle prononçait, ainsi que les paroles de Bachelin, tombaient dans l'air comme dans un vide et n'avaient pas de résonance. Est-ce que seulement leur conversation avait un sens ? Elle ne réfléchissait pas à ce qu'elle disait. Cela lui paraissait sans signification.

— Ils finiront bien par retrouver la piste, gronda-t-il.

Le décor lui-même n'était-il pas incohérent ? Elle ne s'en était pas rendu compte jusqu'ici, mais maintenant elle en était frappée. Ce n'était pas un appartement. Ce n'était rien de ce qui existe. Les meubles n'étaient pas des meubles comme les autres. La table de cuisine se trouvait près d'un lit. Des papiers gris servaient de rideaux. Il y avait de trop grands espaces vides.

Et voilà que Bachelin se mettait à marcher de long en large à pas fiévreux, en gesticulant, en lançant des mots rageurs.

— Calme-toi, murmura-t-elle. Viens finir de manger.

Car elle mangeait toujours, sans s'en apercevoir.

— Que dirais-tu si j'étais bouclé ? questionna-t-il en se campant devant elle.

Elle ne savait pas. Elle n'y avait jamais pensé. Elle hésitait à répondre.

— Avoue que tu en profiterais pour retourner chez tes parents !

— Je ne crois pas.

— Mais tu n'en es pas sûre ! Autrement dit, tu le ferais !

C'était assez pour le mettre hors de lui. Il voyait, plus nettement que la pièce même où il s'agitait, la maison de la rue Creuse, les deux fenêtres éclairées et Juliette au piano, près de son père qui lui tournait les pages.

Plus tard, les gens diraient :

— Elle a eu une aventure, jadis, avec une petite crapule qui a mal fini.

Pourquoi même ne se marierait-elle pas ?

— Tu me fais mal, Émile !

Il lui tenait la tête à deux mains, la tournait vers la lampe pour mieux la regarder et il découvrait une Juliette d'un calme inhumain.

— Au fond, tu ne m'as jamais aimé ! ricana-t-il en la repoussant.

— Pourquoi dis-tu cela ?

— Réponds toi-même ! Crois-tu vraiment que tu m'aimes ?

— Je ne sais pas.

Elle se reprit :

— Pourquoi ne t'aimerais-je pas ? Tu es nerveux, violent, mais je sais bien que ce n'est pas par méchanceté.

— Tais-toi ! hurla-t-il en appuyant son front à la vitre.

— Qu'est-ce que tu as, Émile ?

— Ce que j'ai ? Tu me demandes ce que j'ai ?

Parbleu ! Il avait qu'il ne voyait plus aucune issue, qu'il n'avait plus de ressort, qu'il se sentait exactement, dans son logement inachevé, comme dans une trappe à souris. Pas seulement à cause de la police ! A cause de tout, d'elle, de Van Lubbe, de lui-même.

C'était une vieille échéance qu'il avait toujours remise, vivant à la petite semaine depuis des mois, des années, peut-être, en somme, depuis qu'il était né. Car c'était cela : il était mal parti, là-bas, dans un logement désordonné de Nevers, avec une mère qui, huit jours après sa naissance, recommençait à vendre des journaux dans la rue.

Il avait toujours été rageur. Il avait toujours éprouvé le besoin de se faire mal en essayant de faire mal aux autres.

Cela lui remontait soudain du plus profond de lui-même comme un grand dégoût et il devenait plus calme, presque serein en apparence, il se tournait lentement vers Juliette.

— Je te demande pardon, murmura-t-il.
— De quoi ?
— De rien. De tout.
— Comme tu dis cela !
Il sourit et elle s'effraya de ce sourire trop doux.
— Qu'est-ce que tu penses ?
— Que c'est ce qu'il faut faire !
— Quoi ?
— Ce que je disais tout à l'heure. Mais maintenant, je parle sérieusement, sans haine. Tu retourneras chez toi. Ton père te pardonnera.

L'émotion le gagnait et il continuait à parler pour l'entretenir, pour l'accroître.

— Qu'est-ce que j'ai été pour toi ? Qu'est-ce que nous avons été ensemble ?
— Tais-toi !... souffla-t-elle en détournant la tête.
— Mais non ! Réponds ! Est-ce que nous sommes jamais arrivés à être heureux un seul jour ? Nous avons essayé. Et sans cesse il y a eu quelque chose.

Elle se leva pour débarrasser la table.

— Nous partirons d'ici cette nuit, dit-elle, avant que la police...
— Juliette !

Elle avait des verres sales à la main quand elle se tourna vers lui. Il la prit dans ses bras avec une douceur inhabituelle.

— Si tu savais ce que je suis malheureux, Juliette ! Dis-moi que tu m'aimes un peu !
— Tu le sais bien.
— Non, je ne le sais pas ! Et, aujourd'hui, j'ai besoin de le savoir parce que...
— Parce que ?
— Rien !

Sa voix était cassée, son nez était rouge, ses yeux humides.

Juliette rangeait la vaisselle dans la cuisine tout comme les autres jours et pourtant elle savait qu'elle n'aurait plus besoin des tasses, ni des assiettes.

Un grand vide venait de les envelopper tous les deux. Bachelin tournait des pages du calendrier en pensant à autre chose. Quand Juliette revint dans la chambre, il aperçut un bout de papier qui dépassait de son corsage et demanda :

— Qu'est-ce que c'est ?

C'était le billet de Van Lubbe. Il le lut sans rien dire, le déchira en petits morceaux et les fit brûler dans le poêle.

— Pourquoi ne me l'avais-tu pas montré ?

Sa voix redevenait incisive, son regard mauvais.

— J'attendais que tu sois plus calme.

— Ou qu'il mette sa menace à exécution, n'est-ce pas ?

Sans raison, comme elle était près du lit, elle s'étendit sur la couverture.

— C'est tout ce que tu réponds ?

Il était toujours debout, lui, et cela le mettait en rage de la voir couchée, le visage tourné vers le mur, sans savoir ce qu'elle pensait.

— Juliette ! Lève-toi.

Elle ne bougea pas. Elle pleurait, sans sanglots, presque sans larmes, elle pleurait d'une grimace ininterrompue, par lassitude.

— Je te demande de te lever. Tu entends ?

Et, comme elle ne bougeait toujours pas, il lui saisit le bras, le tordit méchamment. Elle se dressa, le regarda avec épouvante.

— Lâche ! cria-t-elle.

Il ne savait plus que faire. Il pouvait aussi bien la frapper que se mettre à genoux ou que se jeter la tête au mur.

— C'est comme cela que tu essaies de me remonter ? hurla-t-il à son tour. Avoue que j'avais raison tout à l'heure ! Tu attends le moment où tu seras libre de retourner chez toi...

Il s'assit à côté d'elle, au bord du lit, haleta :

— Ne fais pas attention. J'ai trop mal. Il y a des jours, des semaines que cela couve. Je croyais que, quand tu serais là, tout changerait...

Elle aurait bien voulu le consoler, mais elle ne le pouvait pas, elle le regardait avec une curiosité mêlée d'effroi.

— C'est comme une malédiction. Tout ce que je fais tourne mal. Tout ce que je touche est sali...

Elle écarquillait les yeux, épouvantée de ce qu'elle découvrait. Ce n'était qu'une impression, mais elle s'imposait avec force : Bachelin, à ce moment, jouait une comédie, peut-être seulement pour elle, peut-être pour eux deux ! La preuve, c'est que parfois, quand il ne se croyait pas observé, son regard devenait plus calme, plus raisonnable.

— Je ne t'ennuierai plus longtemps. Écoute !... Cela ne nous sert à rien de partir cette nuit...

Il s'impatientait de sentir ce regard lucide posé sur lui et il jouait plus mal son rôle.

— Il vaut mieux que je crève... Cela serait quand même arrivé un jour ou l'autre... Toi, tu...

— Tais-toi, prononça-t-elle simplement.

Que pouvait-il encore lui dire ? Que pouvait-il faire ? Et pourtant il avait raison. Ils avaient tout raté ! Ils avaient en vain essayé de faire quelque chose et, à deux, ils avaient été impuissants.

Il se leva encore, faillit casser quelque chose, par contenance, marcha jusqu'à la fenêtre et arracha le papier gris pour regarder dehors. Un taxi était arrêté, en face, et il l'observa soupçonneusement, écouta les bruits de la maison.

Juliette s'était levée, elle aussi, les cheveux un peu défaits, des faux plis à sa robe.

Le front ridé, il la regarda en cherchant à retrouver son exaltation et soudain il marcha vers la table, ouvrit le tiroir qui contenait un porte-plume et une pochette de papier à lettres.

On entendit la plume qui grattait le papier. Quand il eut fini d'écrire, en silence, il se leva et retourna à la fenêtre. Le taxi était toujours là. Bachelin feignait de l'observer mais, en réalité, il guettait, dans l'eau trouble de la vitre, le reflet de Juliette qui lisait.

« *Qu'on n'accuse personne de ma mort. Il faut que je disparaisse. Je prends cette décision en toute lucidité.* »

« Émile Bachelin. »

Il se retourna, attendant une réaction. C'était comme un combat qui se livrait entre eux deux. Mais Juliette, au lieu de s'occuper de lui, se regardait dans le miroir de la toilette, passait doucement son doigt sur un bouton d'acné qu'elle avait au front, rejetait ses cheveux en arrière.

— Tu ne m'en crois pas capable ? murmura-t-il.

Elle se tourna enfin vers lui, grave et résignée,

avec l'air de dire que l'idée ne lui en était même pas venue. Puis elle s'assit à son tour devant une feuille de papier, écrivit de sa grande écriture pointue :

« *Je suis lasse de vivre et me suicide.* »
                              « Juliette Bachelin. »

Elle hésita à poser la plume et ajouta, mais sans y croire, parce qu'elle pensait que c'était nécessaire, comme elle l'avait déjà fait une fois : « Pardon, papa. »

Elle savait que Bachelin avait compris. Ce fut elle qui alla prendre le revolver enfermé dans un tiroir de la garde-robe et qui le posa sur la table, près des deux lettres.

— Tu m'en veux ? demanda-t-il, de loin.

Car ils étaient chacun d'un côté de la table.

— De quoi ?

Il aurait encore voulu pleurer, s'attendrir, être en proie à une crise, mais c'était impossible : il ne trouvait en lui qu'un vide glacé.

— Je te jure que je voulais te rendre heureuse !

Il le disait mal, comme si toute sa réserve d'émotion eût été épuisée.

Quelqu'un serait entré à ce moment et ils auraient l'un et l'autre caché le revolver et les papiers, auraient sans doute souri, préparé du thé ou du café pour le visiteur.

Mais personne ne venait. Ils ne pouvaient compter que sur eux-mêmes. Ils ne savaient que faire.

— Juliette !
— Oui.

— Viens m'embrasser.

Il ferma les yeux pour retrouver l'atmosphère de leur seuil, à Nevers, quand ils restaient enlacés pendant de longues minutes, à mélanger leur souffle. Ce fut Juliette qui se dégagea doucement.

Il pensa encore à marcher vers la fenêtre, à tenter n'importe quoi.

— Tu comprends, balbutia-t-il. Je suis né sous un mauvais signe...

Mais il comprit qu'elle n'y croyait pas, que ses paroles ne provoquaient qu'une moue presque méprisante.

— Juliette !
— Eh bien ?

Elle s'impatientait. Des cendres rouges tombaient dans le tiroir de la salamandre. Le revolver se dessinait en noir sur le bois de la table, près des papiers glauques.

— Finis-en ! soupira-t-elle.

Au fond d'un taxi qui roulait dans des rues vides, M. Grandvalet regardait sans le voir le dos du chauffeur et la pipe de M. Émile grésillait.

La main tremblante de Bachelin saisit le revolver. Un doigt repoussa la sûreté.

— Commence par moi, veux-tu ?

Ils étaient tout près l'un de l'autre. Bachelin frissonnait. D'une voix qu'il ne reconnut pas, il murmura :

— Tu m'aimes ?
— Tire !
— Tu m'aimes ?
— Je ne sais pas. Tire.

Il écarquilla les yeux, la bouche ouverte, car il

avait tiré, sans même s'en rendre compte. Juliette restait encore debout, le regardait de son regard pénétrant, plus pénétrant que jamais comme si, des régions déjà indécises où elle venait d'entrer, elle comprenait enfin tout.

— Juliette !

Il y avait de la fumée, une odeur de poudre. Des gens marchaient à l'étage au-dessus et Juliette oscillait, reculait de deux pas vers le lit où elle s'écroulait, les yeux toujours ouverts.

Elle devait attendre. Il était sûr qu'elle attendait ! Il lui semblait qu'elle l'accusait à nouveau d'être un lâche. Les pas, maintenant, résonnaient dans l'escalier et sa main tremblait plus que jamais en serrant la crosse de l'arme, et cherchant la détente.

Il était traqué. Les locataires atteignaient le palier.

Juliette le regardait toujours, de ses yeux qui étaient peut-être déjà morts.

Il tâta sa poitrine, sentit les côtes, chercha la place du cœur.

Il n'avait plus que quelques secondes. Quelqu'un criait, dans la maison.

Alors, il fit glisser sur lui le canon de l'arme, choisit la place, très à gauche, tellement à gauche que la balle glisserait fatalement sur les os. Pour tirer, il ferma les yeux.

— Ouvrez ! criait-on du palier.

— Défoncez la porte, disait une voix de femme.

Il entendait tout, malgré le vacarme de la détonation, malgré sa blessure. Car il devait être blessé. Il avait ressenti un choc. Mais c'est en vain qu'il attendait de s'évanouir, de s'écrouler sur le plancher. Il restait debout. Il ne souffrait même pas !

Des gens chuchotaient. Un locataire dut donner un coup d'épaule dans le panneau et une auto s'arrêta au bord du trottoir.

Il voyait toujours Juliette. Il avait peur. Il sentait battre son pouls. Trois fois il avait fermé les yeux en espérant que c'était enfin l'évanouissement.

— Vous savez bien... C'est le petit couple...

La voix de la concierge parvenait jusqu'à lui, ainsi que le mot : « passe-partout ».

Il n'en pouvait plus. Il fallait faire quelque chose. La porte allait s'ouvrir.

Il esquissa deux pas feutrés vers le lit, regarda sa main qui avait touché sa blessure et qui ruisselait de sang.

Alors seulement il put s'évanouir, étrangement, sans perdre tout à fait conscience. Ainsi, il sut que dans sa chute, il avait heurté un pied de Juliette. Et plus tard, dans un brouhaha confus, il entendit nettement :

— C'est son père.

Peut-être même eût-il été capable d'ouvrir les yeux pour le regarder.

— Elle est morte? demandait quelqu'un au médecin.

Un silence répondit. Enfin des doigts tripotèrent la plaie de Bachelin qui, sous le coup de la douleur, ne put empêcher ses traits de se crisper cependant qu'une femme soupirait :

— Regardez! Il vit, lui...

1934.

Impression Société Nouvelle Firmin-Didot.
Le 3 mars 1998.
Dépôt légal : mars 1998.
1ᵉʳ dépôt légal dans la Collection : août 1996.
Numéro d'imprimeur : 41868.
ISBN 2-07-036935-8/Imprimé en France.

86049